东京奇谭集

東京奇譚集

Haruki Murakami

[日] 村上春树 著

林少华 译

上海译文出版社

图书在版编目(CIP)数据

东京奇谭集/(日)村上春树著;林少华译. —上
海: 上海译文出版社, 2019.6(2025.3 重印)
ISBN 978-7-5327-8192-8

Ⅰ.①东… Ⅱ.①村… ②林… Ⅲ.①短篇小说—小
说集—日本—现代 Ⅳ.①I313.45

中国版本图书馆 CIP 数据核字(2019)第 083418 号

TOKYO KITAN SHU
by Haruki Murakami

图字: 09-2006-408 号

东京奇谭集
〔日〕村上春树/著 林少华/译
责任编辑/姚东敏 装帧设计/千巨万工作室

上海译文出版社有限公司出版、发行
网址: www.yiwen.com.cn
201101 上海市闵行区号景路 159 弄 B 座
上海市崇明裕安印刷厂印刷

开本 890×1240 1/32 印张 5 插页 2 字数 89,000
2019 年 6 月第 1 版 2025 年 3 月第 8 次印刷
印数: 29,551—33,550 册

ISBN 978-7-5327-8192-8
定价: 45.00 元

目录

奇谭和奇谭以外

林少华

写罢《天黑以后》不到一年，村上春树又出了一部短篇集——《东京奇谭集》。谭通谈，奇谭即奇谈、奇闻之意。众所周知，村上小说的篇名大多声东击西，避实就虚，而这部短篇集却表里如一，果然是发生在东京的奇谭。五篇，一篇比一篇奇。奇想天开，奇光异彩，奇货可居，堪可奇文共赏。

第一篇《偶然的旅人》，开头村上先讲了“过去自己身上发生”的两件奇事。第一件是他 1993 至 1995 年旅居美国马萨诸塞州剑桥期间发生的。一次他去酒吧听爵士乐钢琴手佛莱纳根的演奏。听到最后，他忽然心想：假如能够演奏自己特别喜欢的《巴巴多斯》和《灾星下出生的恋人们》，那该有多妙啊！正想之间，佛莱纳根果真连续演奏了这两支乐曲，而且十分精彩。惊愕的村上“失去了所有话语”。因为“从多如繁星的爵士乐曲中最后挑这两支连续演奏的可能性完全是天文学上的概率”。然而这概率实实在在在眼前发生了！第二件也差不多发生在同一时期。一天下午村上走进一家旧唱片店，物色到一张名为《10 to 4 at the 5 Spot》的唱片，是派伯·亚当斯在纽约一家名叫“FIVE SPOT”的爵士乐俱乐部现场录制的。“10 to 4”即凌晨“差十分四点”之意。他买下那张唱片刚要出门，擦肩进来的一个年轻男子偶然向他搭话：“Hey, you have the time?（现在几点）”“我扫了一眼手表，机械地回答：‘Yeah，it's 10 to 4。’（差十分四点）答毕，我不由屏住呼吸：真是巧合！得得，我周围到底在发生什么？”

以上是这篇故事的开场白。接下去讲述的是村上一个熟人“从个人角度”告诉他的故事。主人公是个钢琴调音师、同性恋者。当一个非常妩媚的女性主动表示想和他一起去一个“安静的地方”的时候，他拒绝了，但为了安慰对方，他久久抚摸她的头发，结果发现她右耳垂长有一颗和姐姐同样的黑痣。女子凄然告诉他，自己后天要去医院复查乳腺癌。随后，他打电话约已经出嫁的姐姐出来见面，姐姐同样说她后天将住院做乳腺癌手术，并且果真做了。至于那个女子“后来命运如何，我就不晓得了”。

第二篇《哈纳莱伊湾》，女主人公的十九岁儿子在夏威夷可爱岛哈纳莱伊湾冲浪时不幸被鲨鱼咬掉一条腿死了。此后每年儿子忌日前后，她都要特意从东京飞到儿子遇难的海滩，从早到晚坐着静静看海。忽有一天，两个日本冲浪手言之凿凿地告诉她在海滩上看见了一个单腿日本冲浪手，她极为惊讶，独自到处寻找，却怎么也没有找见。晚间，她伏在枕头上吞声哭泣——为什么别人看得见，而作为母亲的自己却看不见自己的儿子呢？自己没有那个资格不成？第三篇《在所有可能找见的场所》，讲一个证券公司经纪人星期日清晨在所住公寓的24层和26层之间莫名其妙地消失了，妻子找来私家侦探帮忙，然而还是毫无蛛丝马迹可寻。不料二十天后妻子得知，丈夫躺在远离东京的仙台站的长椅上，已经被警察监护起来了，至于如何去的仙台，以及二十天时间里做了什么，本人全然无从记起，二十天的记忆消失得利利索索。第四篇《天天移动的肾形石》的主体是一位小说家构思的离奇故事：三十几岁的女内科医生旅游途中捡了一块肾脏形状的黑色石块，带回去放在自己医院办公桌上作镇尺使用。几天后她发现了一个奇异的现象：早上来上班时，石块居然不在桌上，而是有时在转椅上，有时在花瓶旁，有时在地板上。她百思莫解，后来乘渡轮把石块扔进了东京湾，可是第二天早上来医院办公室一看，石块仍在桌上等她。最奇的是最后一篇《品川猴》。一个叫安藤瑞纪的年轻女子时不时想不起自己的名字。几经周折，得知“忘名”的起因在于一只猴子——猴子从她家壁橱中偷走了她中学时代住宿用的名牌。猴子会说话，说出了她从未对人提起、甚至自己都不愿承认的一个身世秘密。但不管怎样，名牌失而复得，她的名字也因之失而复得，“往后她将再次同这名字一起生活下去……那毕竟是她的名字，此外别无名字”。

总的说来，这部短篇集里，村上春树一如既往，依然在不动声色地拆除着现实与非现实或此岸世界与彼岸世界之间的篱笆，依然像鹰一样在潜意识王国上空盘旋着寻找更深更暗的底层，依然力图从庸常的世俗生活中剥离出灵魂信息和人性机微，这些同《象的失踪》《列克星敦的幽灵》《出租车上的男人》等短篇以至《奇鸟行状录》《海边的卡夫卡》《天黑以后》等长篇可谓一脉相承。但村上毕竟是个艺术上有执著追求和抱负的作家，不大可能自鸣得意地陶醉于老生常谈，而总要鼓捣出一点较之过去的不同。而这个不同，在这部短篇集中则体现为对偶然元素的关注和演绎。《东京奇谭集》中巧合屡屡出现，颇有中国俗语说的“无巧不成书”之感。故事因巧而生，因巧而奇，遂为奇谭。不过，村上并无太多的猎奇趣味，也无意为了哗众取宠而一味玩弄奇巧、罗列奇谭，更不情愿将偶然性仅仅作为偶然性、作为奇谭而一笑置之。不难看出，他是在小心地捕捉并叩问偶然性。说得夸张些，偶然性对于村上来说似乎一是玻璃胶，用来弥合现实世界和灵异世界之间的裂隙（这些裂隙在他眼里原本不多），二是滑梯，用来进一步潜入灵魂的地下室探赜索隐，三是内窥镜，用来刺探命运的链条以至宇宙秩序的神秘性。为此，村上尝试着把偶然性同自己产生于对生活、生命的体察和直觉之中的灵感联系起来，以期穿越偶然的迷雾抵达必然以至宿命的山麓，由此给我们留下了广阔的冥思空间，那里已很少有以往那种四下弥散的孤独和怅惘，更多的是灵魂自救的焦虑以及对某种神秘感的关心和敬畏。读《东京奇谭集》，总好像冥冥之中有一种神秘力量在引导、主宰着主人公的命运，主人公后来人生流程的转折点往往同往昔记忆中的某个神秘提示暗中相契，或同现实中的某一偶然现象悄悄呼应，如《偶然的旅人》中的黑痣，如肾形石，如《品川猴》中松中优子自杀前那句“注意别让猴子偷走”的提醒。当然，村上也没有为奇谭提供答案，结尾一如既往地呈开放状态。可以说，他的每个短篇都是一个游离于常识常理之外的谜，都是一个不出声的呼唤和诱惑，都在等待读者去划上各自的句号。

与此同时，村上还试图借助偶然元素对超验事物加以追索，藉此充实文学作品的超验的维度，即同神、同彼岸世界的对话的维度。在 2002 年一次访谈中，村上针对“写小说是怎样一种活动”的提问说了这样一段话：“写小说、写故事（物语），说到底乃是‘梳理未体验之事的记忆’的作业。说得浅显些，就是玩一种未体验的 role-playing game（自主参与型电子游戏）。但编游戏程序的是你，而记忆却从玩游戏的你自身的人格中消失。与此同时，编程序的你的人格并未玩游戏。这是一种相当严重的分裂性作业。右手不知晓左手干什么，左手不知晓右手干什么。这样的作业分裂得愈明确，从中产生的故事更有说服力，亦即更接近你身上的‘元型’。”（村上春树编《少年卡夫卡》，新潮社 2003 年 6 月版）不妨认为，村上所说的“未体验”，与其说是间接体验，莫如说是超验，一种类似 déjà-vu（既视感）的超验。事实上，村上在这方面也表现出很高的天分，他总是在不断地跟踪，不断地发掘，从而为其文学创作注入了超验维度的审美内涵。在那里，他所运用的恐怕既不纯粹是源自东方儒家文化的人本视角，又不完全是来自《圣经》和古希腊文化的神本视角，而更接近于一种带有本土色彩的人神一体的复合视角。因为他没有在人界和神界之间设置广阔的中间地带，也没有把神（或灵异）人格化而直接移植此岸。他力争无限逼近自身的“元型”，逼近潜意识、“自我”王国最为黑暗最为原初的内核，逼近生命极地和死亡极地。而如此生成的作品无疑“更有说服力”，同读者之间的“灵魂的呼应性”更强（村上语，参见《文学界》2003 年 4 月号），因而更具有真实性和现实性。这也是流经村上几乎所有作品的一条隐喻主流，所不同的是——如上面所说——在这部奇谭集中，他更集中地融入了偶然元素，通过偶然性来表现命运之所以为命运的神秘感，传达来自“元型”、来自潜意识底部的报告，而这未尝不是中国现代文学所需要强化的视角和维度。

对此，村上似乎还有另外一种表述方式。2002 年 10 月 14 日，他在《世界尽头与冷酷仙境》俄译本序言中说道：“我们的意识存在于我们的肉体之内，我们的肉体之外有另一个世界。我们便是活在这种内在意识和外在世界的关系性之中。这一关系性往往给我们带来悲伤、痛苦、迷惘和分裂。但是——我认为——归根结蒂，我们的内在意识在某种意义上是外在世界的反映，外在世界在某种意义上是我们内在意识的反映。也就是说，二者大概是作为两面对照镜子发挥着各自作为无限 metaphor（隐喻）的功能。这种认识是我所写作品的一大 motif（主题）。”我想，这段话也可以成为我们破解这部奇谭集之奇和偶然性寓意的重要提示，同时也是村上春树文学世界的超验维度得以延展和变幻的原理所在。换言之，艺术、文学艺术既不是真实世界的傀儡，又不是想象世界的附庸，而是这两个世界的落差或关系性的产儿，在其催生过程中，对于稍纵即逝的灵感及偶然性的敏锐觉察和刻意开掘无疑具有特殊意义。有的人任其“自生自灭”，有的人“鲜明地读取其图形和含义”（《偶然的旅人》），而村上则大致可以说是进一步将其视之为天谕，他将一丝涟漪接向万里海涛，循一线微光俯瞰茫茫宇宙，从一缕颤悸感知地震和海啸的来临，从而写出了一部部是奇谭又不是奇谭的奇谭集——其实村上每一部作品都不妨以奇谭称之——这大概正是所谓艺术，正是艺术的真实。

林少华

二零零五年十月下旬于窥海斋

时青岛金菊竞放红叶催秋

偶然的旅人

我——村上是此文的作者。这个故事大体以第三人称讲述，但讲述者一开始就要露面。如旧时演戏，先有人站在幕前道个开场白，然后鞠躬退下。所用时间极短，务请忍耐相陪。

我何以在此露面呢？因为我想还是把过去自己身上发生的几桩“离奇事”直接讲出来为好。实不相瞒，此类离奇事在我人生途中屡屡发生，有的有意义，多多少少使我的人生态势有所改变，有的则是微不足道的琐事，人生不曾受其多大影响——我想不曾。

问题是，纵使我把此类经历拿到座谈会上，反响也不容乐观。“哦，这种事竟也有的”——人们十有八九会发表一句温吞水般的感想，旋即冷场，谈话不可能以此为契机热烈展开，甚至像“我也有类似经历”这样接续下去都不可能。我开的这个头恰如误入其他水渠的水，被名都没有的沙地吮吸进去了。短暂的沉默。随后另外某个人提起截然不同的话题。

我心想，大概自己的讲述方式有问题。于是给一家杂志的随笔专栏写了大同小异的内容。写成文章，说不定人们会多少听得认真一些。然而我写的东西看样子几乎无人肯信。“那、总之是你无中生有的吧？”被人这么说都不止一次。看来，仅仅身为小说家这一点，就可使别人把我所说（所写）的或多或少视为“无中生有”。诚然，我在 fiction（虚构）之中大胆地无中生有（虚构原本就是干这个的），但是不写作的时候我并不故意地、无谓地无中生有。

如此这般，我想借此场合把我过去经历的离奇事作为故事的开场白简要讲述一下。只讲微不足道的、鸡毛蒜皮的经历。因为，如果从改变自己人生的离奇事讲起，很可能用掉大半篇幅。

1993 年至 1995 年，我住在马萨诸塞州的剑桥，以类似“驻校作家”的资格从属于一所大学，写那部名叫《奇鸟行状录》的长篇小说。剑桥的查理广场（Charles Square）有一家名为“Regattabar”的爵士乐俱乐部，我在此听了许许多多现场演奏。场地大小适中，让人身心放松。有名的乐手时常出场，票价也不很贵。

一次，钢琴手汤米 · 佛莱纳根（Tommy Flanagan）率领的三重奏乐团前来演奏。妻那天晚上有事，我一个人去听的。汤米 · 佛莱纳根是我个人最中意的爵士乐钢琴手之一，很多时候作为伴奏乐手（sideman）让人欣赏其温柔敦厚、安详得令人嫉妒的演奏，单音（single tone）美得无与伦比。我在靠近他演奏地方的一张桌旁坐好，一边斜举着加州梅洛（California Merlot）葡萄酒杯，一边欣赏他的演奏。不过，若让我直言不讳地说出个人感想，那天晚上他的演奏不怎么富有激情。或许是身体不舒服，也可能因为尚未入夜而情绪没完全上来。演奏绝不算坏，但其中缺少仿佛把我们的心灵带往别处的什么，或者说未能找到魔术般的光点怕也未尝不可。原本不该是这个样子的，一会儿肯定高潮迭起——我一面期待着一面继续倾听。

可是高潮过了许久也没到来。随着尾声的临近，一种近乎焦躁的心情也强烈起来，不愿意就这么结束，很希望能有足以使今晚的演奏留在记忆中的什么。就这样结束，留下来的只能是温吞水印象。而且，往后可能再没有机会（实际上也没有）现场品听汤米·佛莱纳根的演奏了。那时我忽然这样想道：假如此刻自己能有权利点两支曲子，那么选哪两支呢？左思右想了好一会儿，最后选的是《巴巴多斯》（Barbados）和《灾星下出生的恋人们》（Star Crossed Lovers）。

前一支是查理·帕克（Charlie Parker）的，后一支是艾灵顿公爵（Duke Ellington）的。我想对不熟悉爵士乐的人解释几句：两支曲都不怎么流行，演奏的机会也不太多。前者偶尔可以听到，但在查理·帕克留下来的作品中算是朴实的；至于后者，“什么呀，听都没听过”——这么说的世人恐怕要占大半。总之，我在这里要告诉你，我选的都是相当“生涩”的曲目。

我在想象中点这两支曲，当然自有其理由。汤米 · 佛莱纳根过去留下了这两支曲很不错的录音。前者收在名为《Dial J. J. 5》（1957 年录制）的唱片里，当时他是J · J · 约翰逊（J. J. Johnson）乐队的钢琴手。后者收在名为《Encounter! 》（1968 年录制）的唱片中，当时他是派伯 · 亚当斯（Pepper Adams）和祖特 · 西姆斯（Zoot Sims）五重奏乐队的一员。作为伴奏乐手，汤米 · 佛莱纳根在他漫长的演奏生涯中演奏和录制了数不胜数的曲目，但我尤其喜欢他在这两曲中短促而知性、峻朗的独奏，长年累月听个没完。所以，如果此时此刻能听得他当面演奏，当然再妙不过。我目不转睛地盯着他，盼望他走下台，径直来到我桌旁对我说：“喂喂，你好像一直想听什么曲子，如果愿意，就道出两支曲名好了！”当然我很清楚这纯属想入非非。

然而，演奏快结束时，佛莱纳根一声不响，看也没往我这边看一眼，就连续演奏了这两支乐曲！首先演奏抒情曲《灾星下出生的恋人们》，继而演奏快节奏的《巴巴多斯》。我兀自手拿葡萄酒杯，失去了所有话语。我想爵士迷们都能明白，从多如繁星的爵士乐曲中最后挑这两支连续演奏的可能性完全是天文学上的概率。并且——此乃这个故事的关键之点——演奏得十分精彩，扣人心弦。

第二桩也差不多发生在同一时期，同样和爵士乐有关。一天下午，我在伯克利音乐院附近一家旧唱片店找唱片。在排列着旧黑胶唱片的架上找来找去，是我为数不多的人生乐趣之一。那天找到派伯·亚当斯一张名叫《10 to 4 at the 5 Spot》的河岸（Riverside）唱片出品的旧黑胶唱片，乃是包括小号手唐诺·拜尔德（Donald Byrd）在内的派伯·亚当斯热门五重奏乐队在纽约一家爵士乐俱乐部“FIVE SPOT”现场录制的。10 to 4 即凌晨“差十分四点”之意。就是说，他们在那家俱乐部热火朝天地演奏到天明时分。首版，片质同新的无异，价钱记得是七美元或八美元。我倒是有日本版的同样唱片，但由于听得久了，已经有了伤痕。再说能以这样的价钱买到如此优质的唱片，说夸张一点儿，简直近乎“轻度奇迹”。当我以幸福的心情买下那张唱片正要出门时，擦肩进来的一个年轻男子偶然向我搭话：

“Hey, you have the time? ”（现在几点？）

我扫了一眼手表，机械地回答：“Yeah, it's 10 to 4。”（差十分四点）

答毕，我不由屏住呼吸：真是巧合！得得，我周围到底在发生什么？莫非爵士乐之神——假如波士顿上空有这东西的话——正朝我闭起一只眼睛微笑，问我“你可中意（Yo, you dig it）？”

哪一桩都是不值一提的小事，人生的流程不至于因此而发生变化，作为我也仅仅是为某种离奇性所打动——这等事居然都会实际发生！

说老实话，我这人对于神秘（occult）事象几乎不感兴趣，也不曾迷上过占卜。与其特意跑去请占卜师看手相，还不如自己绞尽脑汁解决问题。虽说脑袋绝对算不上出类拔萃，但总觉得还是那样来得快捷。对超能力也没有兴趣。轮回也好魂灵也好预感也好心灵感应（telepathy）也好世界末日也好——老实说，对这些了无兴趣。不是说全然不信，甚至认为这类名堂存在也无所谓，只是作为个人不怀有兴趣罢了。尽管如此，为数不少的离奇现象还是为我微不足道的人生足迹增添了色彩。

若问我是否就此进行积极分析，不分析。仅仅是将这些姑且接受下来，往下照常生活。仅仅是漠然地想道：那种事居然也有！也可能真有爵士乐之神那种东西存在……

往下所写的，是一个熟人从个人角度讲给我听的故事。一次我偶然讲起刚才提到的两则趣闻，他听了，以认真的眼神沉思良久。“说实话，我也有过多少相似的体验，”他说，“一种来自偶然的体验。虽然算不得非常离奇，但无论如何都解释不好为什么会发生那样的事。总之，若干巧合重叠在一起，结果被领往意料不到的场所。”

为了避免圈定某个人，对若干情节做了变动，但此外和他讲述的完全一致。

他是钢琴调音师，住在东京西面，靠近多摩川，四十一岁，同性恋者。对同性恋这点他自己也并不隐瞒。有个比他小三岁的男朋友，从事不动产方面的工作。两人出于工作原因不能公开自己是同性恋者，因此分开生活。虽是调音师，但他毕业于音乐大学的钢琴专业，钢琴上出手不俗，德彪西、拉威尔、埃里克·萨蒂等法国音乐弹得悠扬婉转，极有韵味。他最喜欢的是弗朗西斯·普朗克的乐曲。

“普朗克是同性恋，而且无意向世人隐瞒。”一次他说，“这在当时是很难做到的。他还这样说过：‘抛开我是同性恋，我的音乐无从谈起。’我很清楚他的意思。就是说，普朗克越是想忠实于自己的音乐，就越要同样忠实于自己是同性恋这点。音乐就是这么个东西，生存方式就是这么个东西。”

我也一向喜欢普朗克的音乐。所以他来我家给钢琴调完音后，我有时会请他弹几支普朗克的小品，《法国组曲》和《牧歌》什么的。

“发现”自己是同性恋是在他考进音乐大学之后，此前他从未考虑过这一可能性。他长相英俊，又有教养，举止稳重温和，高中时代在周围的女孩子中很有人缘，虽没有固定恋人，但也幽会了好几次。他喜欢和她们外出走路，喜欢切近地看她们的发型，嗅她们脖颈的气味、握她们的小手。不过没有性体验。幽会几次之后，他看出对方似乎对自己怀有某种期待，可他终究没有迈出那一步，因为在自己体内感觉不出非那样做不可的必然性。周围的男同学无一不带有性冲动这个难以克制的恶魔，或者不知所措，或者积极发泄，然而他没有从自己身上发现这种强烈的冲动，以为大概自己成熟得晚，并且没有遇上合适的对象。

上大学后，开始和打击乐器专业一个同年级女孩有了交往。谈得来，单独在一起觉得其乐融融。相识后不久在女孩房间里发生了性事。是对方主动的，也喝了点酒。性事进行得倒也顺利，但并不像大家说的那么心神荡漾那么富有刺激性。总的说来，感觉上好像很粗暴，不是滋味。性兴奋时女性全身发出的微妙气味无论如何让他喜欢不来。较之同她直接发生性行为，单纯同她亲密交谈、一起演奏音乐或吃饭更让他快活。而且，随着时间的推移，同她性交一事渐渐成了他的精神负担。

尽管如此，他仍认为自己仅仅在性方面淡一些罢了。不料，有一次……算了，这个就不说了，一来说来话长，二来也没有直接关系。反正发生了一件事，使得他发现自己是个不折不扣的同性恋者。他懒得编造得体的借口，明确告诉女友“我想我是个同性恋者”。结果，一星期后周围几乎所有的人都知道他是同性恋者了，传来传去甚至传到了家人耳里。他因此失去了几个要好的朋友，同父母的关系也变得相当别扭。不过就结果而言，说不定这倒好些，将明明白白的事实塞藏进壁橱深处不符合他的性格。

可最让他受不了的，是家里和他最要好的、比他大两岁的姐姐与他失和了。由于把他是同性恋一事告诉了对方家人，姐姐近在眼前的婚事险些触礁，虽然最后好歹说服了对方父母，婚也结了，但姐姐为这场骚动差不多得了神经官能症，对他异常恼火。她大声训斥弟弟何苦选在这个微妙时刻兴风作浪。弟弟当然自有其缘由。自那以来，曾经有过的融洽关系再未重返两人之间，连婚礼他也没参加。

作为独自生活的同性恋者，他日子过得也算津津有味。衣着得体，和蔼可亲，彬彬有礼，又有幽默感，嘴角几乎总是漾出给人以好感的微笑。所以许多人——除了生理上对同性恋者深恶痛绝之人——都对他怀有自然而然的好感。技术一流，有不少固定客户，收入四平八稳，有名的钢琴手甚至都指名要他。他在大学街一角买了双卧室套间，按揭也基本付清了。拥有高档音响装置，精通绿色食品的烹调，每星期去五次健身房消减脂肪。同几个男性交往之后，碰上了现在的伙伴，别无不满的安稳的性关系已维持了将近十年。

每到星期二，他便独自驾驶本田双座敞篷车（绿色，手动换档）穿过多摩川，开到神奈川县的奥特莱斯。那里有 GAP 和玩具反斗城以及 BODYSHOP 等大型店铺。周末人多拥挤，找停车位都很困难，但平日的上午一般没多少人。他走进奥特莱斯的大型书店，物色瞧上去有趣的书，在书店一角的咖啡屋喝着咖啡翻动书页，这成了他星期二的例行过法。

“奥特莱斯本身不用说了无情趣，不过奇怪的是，那个咖啡屋让人觉得舒服。”他说，“我是偶然发现那个场所的。不放音乐，全场禁烟，椅子坐垫正适合看书，既不太硬，又不过软，而且总是空荡荡的。星期二早上就进咖啡屋的人没有多少，就算有，也都去附近的星巴克。”

每个星期二他都在冷冷清清的咖啡馆闷头看书，从十点多看到一点。到了一点，他就去附近餐馆吃金枪鱼色拉，喝一瓶法国有汽矿泉水，然后去健身房练得满头大汗。这就是他星期二的过法。

那个星期二上午，他一如往常在书店咖啡屋看书。查尔斯·狄更斯的《荒凉山庄》。很早以前看过，但在书店架上发现后，他想再看一遍。故事有趣这一记忆是那般的鲜明，但情节却很难想起。查尔斯·狄更斯是他偏爱的作家之一，因为读狄更斯的时间里他可以忘记差不多所有的事情。一如往常，翻开第一页他就被故事完全吸引住了。

全神贯注看了将近一个小时，到底有些累了，于是合起书放在桌上，叫女服务生换一杯咖啡，走去外面的卫生间。折回座位时，在邻桌同样静静看书的女性向他打招呼：

“对不起，问一句话可以么？”

他嘴角约略浮起暧昧的微笑注视对方。年龄估计和他相仿。

“可以可以，请。”

“这么打招呼是觉得不够礼貌，可有一点一开始就让我有所感觉……”说着，她有点儿脸红。

“没关系的。反正闲着，尽管说。”

“呃、您正在看的书、莫不是狄更斯？”

“是呀，”他拿起书，朝向她，“查尔斯 · 狄更斯的《荒凉山庄》。”

“果然。”女性一副释然的样子，“一闪看见书的封面，猜想说不定是。”

“您也喜欢《荒凉山庄》？”

“嗯。或者不如说我也在看同一本书，在您旁边，真巧。”她扯下包书皮，出示封面。

确是令人惊讶的巧合。平日的上午竟有两个人在空荡荡的奥特莱斯的空荡荡的咖啡屋，坐在相邻座位上看完全相同的书，而且不是社会上广为流行的畅销小说，是查尔斯 · 狄更斯的很难说属于一般性的作品。两人对这种奇异的巧合感到吃惊，初次见面的尴尬随之不翼而飞。

她住在奥特莱斯附近新开发的一片住宅小区，《荒凉山庄》是五六天前在这家书店买的。买罢坐在咖啡屋要了杯红茶，漫不经心翻开书页，但一旦读起来，就再也放不下了。意识到时，已读了两个小时。这样如醉如痴地翻动书页，毕业以来还是第一次。由于在这里度过的时间实在太惬意了，就又回到同一场所，为的是可以继续读这《荒凉山庄》。

她个头不高，算不上胖，但身体该凹下的部位已多少有了脂肪。胸部丰硕，长相蛮讨人喜欢。衣着很有格调，价位看上去也不低。两人开始交谈。她加入了读书俱乐部，在那里选的“本月一册”就是《荒凉山庄》。会员中有热心的狄更斯迷，是她提议选《荒凉山庄》作为“本月一册”的。有两个孩子（小学三年级和一年级女孩儿）。日常生活中很难找到用来读书的时间,但偶尔也像现在这样改变一下场所挤时间读书。平时交往的对象都是孩子同学的母亲，提起的话题不是电视节目就是老师如何不好，很难有共同点，所以加入了社区读书俱乐部。丈夫以前读小说也读得相当专心，但近来贸易公司的工作太忙，顶多拿起经济专业书看看。

他也简单讲了自己：工作是钢琴调音师，住在多摩川对岸，独身，中意这家咖啡屋，每星期专门开车来这里看书。同性恋这点到底没说。虽无意隐瞒，但毕竟不是可以不顾场合随便张扬的那类事情。

两人在奥特莱斯一家餐馆一起吃午饭。她是性格直爽的女性，没有做作之处，紧张一旦消除就不时发出笑声。笑声不很大，自然而然。即使她不一一介绍，也可大致想像出她迄今走过的人生旅途。生在世田谷一带较为富裕的家庭，在关爱中长大，考进不错的大学，成绩总是靠前，也有人缘（较之男同学，说不定在女同学中更有人缘），同有生活能力的年长三岁的男性结了婚，生了两个女孩。孩子上的是私立学校。十二年的婚姻生活，虽说不上流光溢彩，但也不存在可以称为问题的问题。两人一边吃着简单的饭菜一边谈最近看的小说或喜欢的音乐，谈了差不多一个小时。

“能和您交谈真叫人愉快。”饭吃完时她红着脸颊说，“能够畅所欲言的人，我身边一个也没有的。”

“我也很愉快。”他说。这并非说谎。

下个星期二，他正在同一咖啡屋看书，她来了。对视一笑，轻轻点了下头，而后在不相连的桌旁坐下，各自默默看《荒凉山庄》。到了中午，她走到他桌前打招呼，随即两人像上星期那样一起吃饭。“这附近有一家很不错的法国餐馆，不大，干干净净，可以的话，不去一下？”她主动相邀，“这家奥特莱斯里没有像样的餐馆。”“好的，去吧！”他表示同意。两人用她的车（蓝色标致306，自动档）去那里吃饭，要了水芹色拉和烤鲈鱼，还要了杯葡萄酒，随后隔着桌子谈狄更斯。

吃完饭回奥特莱斯路上，她把车停在公园停车场，握住他的手，说想和他去一个“安静的地方”。事情进展之快让他有点儿吃惊。

“结婚后我从未做过这样的事，一次也。”她辩解似的说，“不骗你。可这一星期时间里一直考虑你来着。没有啰啰嗦嗦的要求，也不添麻烦。当然我是说如果你不讨厌我的话。”

他温柔地回握对方的手，以沉静的声音说明缘由。“如果我是普通男人，想必求之不得地同你去‘安静的地方’。你是非常妩媚的女性，能有时间亲密接触，自然再美妙不过。可是实不相瞒，我是个同性恋者，所以不能同女子做爱。同女子做爱的同性恋者也有，但我不那样。请理解我！我可以成为你的朋友，可遗憾的是，我成为不了你的恋人。”

对方花了一会儿时间才得以完全理解他讲的意思（毕竟遇上同性恋者在她的人生中是初次）。理解之后，她哭了，脸趴在调音师肩上，哭了很久很久。估计受了打击。他于心不忍，搂着女子的肩，轻轻抚摸她的头发。

“对不起，”她说，“是我让你说出了不情愿说的事。”

“没关系，因为我也不想对世人隐瞒。或许还是应该由我事先有所暗示，以免招致误解才对。总的说来，我觉得是我对不住你。”

他用修长的五指温柔地久久抚摸她的头发，这使她一点点平静下来。当他发觉她的右耳垂有一颗黑痣时，他感到一种类似窒息的怀念之情——年长两岁的姐姐在差不多同一位置也长着一颗差不多同样大小的黑痣。小时候，他常常趁姐姐睡着时开玩笑地想用手指把痣搓下来，姐姐每次醒来都发脾气。

“不过，遇见你，使我这一星期每天都过得兴奋不已。”她说，“这样的心情，实在是久违了。就好像回到十几岁，开心得很。所以也够了。还去了美容院，临时减了肥，买了意大利新内衣……”

“好像破费了不少啊！”他笑道。

“可那些对于现在的我大概是必要的。”

“那些？”

“就是说要改变一下自己的心情。”

“例如买意大利性感内衣？”

她脸红到耳根：“不是性感，根本谈不上，只是非常漂亮罢了。”

他微微笑着注视对方的眼睛，表示自己是为缓和气氛才说这句无谓的玩笑。她也心领神会，同样微笑。两人相互注视眼睛，注视了好一会儿。

之后，他掏出手帕擦去她的眼泪。女子起身，对着遮阳板上的镜子重新化了一下妆。

“后天要去城里一家医院复查乳腺癌。”她把车停进奥特莱斯停车场，拉起手刹，“定期检查的X光照片上出现了可疑阴影，叫我去检查一下。如果真是癌，恐怕得马上住院做手术。今天成了这样子，可能也有这方面的原因。就是说……”

沉默少顷。之后她左右摇晃几下脖子，缓慢，然而有力。

“自己也不明白。”

调音师测试了好一会儿她沉默的深度。侧起耳朵，力图听取沉默中微妙的音响。

“星期二整个上午我基本待在这里。”他说，“大事做不来，但陪你说说话我想是做得到的，如果我这样的人也可以的话。”

“跟谁也没说起，哪怕是丈夫。”

他把手放在她位于手刹上的手上。

“非常害怕，”她说，“时不时什么都思考不成。”

旁边车位上停了一辆蓝色小面包车，一对神情不悦的中年夫妇从车上下来。说话声听到了，两人似乎在相互指责，为了鸡毛蒜皮的什么事。他们离去后，沉默再度降临。她闭起眼睛。

“虽然我没资格高谈阔论，”他说，“不过，在不知如何是好的情况下，我总是紧紧抓住某条规则。”

“规则？”

“有形的东西和无形的东西——假如必须选其中一个，那么就选无形的！这是我的规则。碰壁的时候我总是遵循这一规则。长远看来，我想所产生的结果是好的，哪怕当时难以忍受。”

“这规则是你自己定的？”

“不错。”他对着“标致”的仪表盘说，“作为经验之谈。”

“有形的东西和无形的东西——假如必须选其中一个，那么就选无形的！”她复述道。

“正是。”

她想了一阵子。“即使你那么说，现在的我也还是不大明白。到底什么有形、什么无形呢？”

“或许。不过，那难免是要在哪里作出选择的。”

“你觉察得出？”

他静静点头：“像我这样的老牌同性恋者，是有各种各样特殊能力的。”

她笑了：“谢谢！”

接下去又是一阵沉默。但没了刚才的沉默那种令人窒息的密度。

“再见！”她说，“这个那个实在谢谢了。能遇到你和你交谈，真是幸运。好像多少上来一点儿勇气。”

他笑吟吟地和她握手：“多保重！”

他站在那里，目送她的蓝色“标致”离去。最后他朝后视镜挥一下手，向自己的本田缓步走去。

下星期二下雨，女子没在咖啡屋出现。他在那里默默看书看到一点，转身离开。

调音师那天没去健身房，因为没心绪活动身体。午饭也没吃，直接返回住处。他怅怅地坐在沙发上听阿图尔·鲁宾斯坦（Arthur Rubinstein）演奏的肖邦的叙事曲集。闭起眼睛，驾驶“标致”的小个头女子的面庞便在眼前浮现出来，头发的感触在指尖复苏，耳垂黑痣的形状历历在目。即使她的面庞和“标致”随着时间的推移消失之后，那颗黑痣的形状也清晰留了下来。无论睁眼闭眼，那小小的黑点都浮现在那里，如打错的标点符号悄然而又持续地摇撼着他的心。

下午过了两点半的时候，他决定往姐姐家打个电话。距和姐姐最后一次说话已过去了许多年月。究竟过去了多少年呢？十年？两人的关系便是疏远到这个程度。姐姐的婚事出现麻烦时，在亢奋状态下互相说了不该说的话也是一个原因，姐姐结婚的对象不合他心意又是一个原因。那个男人是个傲慢的俗物，将他的性取向视为无可救药的传染病。除却万不得已的场合，他概不想进入对方百米范围内。

犹豫了几次，他拿起听筒，终于把号码按到最后。电话响了十多回，他无奈地——却又半是释然地——刚要放下听筒，姐姐接起。令人怀念的语声。知道是他，听筒另一头一瞬间深深沉默下来。

“怎么又打电话过来了？”姐姐以缺乏起伏的语调说。

“不明白。”他坦率地说，“只是觉得还是打个电话为好——放不下姐姐。”

再度沉默。久久的沉默。他想大概姐姐仍在生自己的气。

“没什么事，你只要还好就行了。”

“等等！”姐姐说。从声音听来，姐姐是在听筒前吞声哭泣。“对不起，能等一下？”

又一阵子沉默。这时间里他一直耳贴听筒。一无所闻，一无所感。接下去，姐姐说道：“今天往下可有时间？”

“有的，闲着。”

“这就过去不要紧？”

“不要紧。去车站接你。”

一小时后，他在站前找到姐姐，拉回自己住的公寓房间。阔别十年，姐姐和弟弟都不能不承认对方身上增加了十岁。岁月这东西总是要按时带走它要带走的部分。而且对方的形象也是反映自身变化的镜子。姐姐依然偏瘦，体形不错，看上去比实际年龄小五岁。但不难看出，她脸颊的凹陷里有了与往昔不同的疲惫感，令人难忘的黑色眸子也比以前少了润泽。他也一样，虽然看起来比实际年龄年轻，但任何人都可一眼看出发际多少后退了。在车上两人不无客气地聊着家常话：工作怎样？孩子可好？以及共同熟人的消息、父母的健康状况。

进入房间，他在厨房烧水。

“还弹钢琴呢？”她看见客厅里摆着一架立式钢琴，问道。

“出于兴趣。只弹简单的。有难度的，手指怎么也忙不过来。”

姐姐打开琴盖，手指放在用得褪色的键盘上。“还以为你迟早会出名，作为音乐会上的钢琴手。”

“音乐世界那地方，是神童的墓地。”他一边磨咖啡豆一边说，“当然对于我也是非常遗憾的事，放弃当钢琴手。觉得那以前堆积起来的一切都白费劲了，甚至想：一下子消失到哪里去了。但无论怎么想，我的耳朵都比我的手出色得多。手比我灵巧的家伙相当不少，可是没有哪个家伙比我的耳朵灵敏。上大学后不久我就觉察到了这点，并且这样想道：与其当二流钢琴手，不如当一流调音师对自己有好处。”

他从电冰箱里取出喝咖啡用的牛奶，倒进小瓷壶。

“说来不可思议，专门学调音之后，弹琴反倒有趣起来。从小就拼死拼活练钢琴，在不断练习当中取得进步自有其乐趣，但不曾觉得弹钢琴有趣，哪怕一次。我仅仅是为了克服难点而弹钢琴，为了不弹错，为了手指不乱套，为了让人佩服。而放弃当钢琴手之后，我终于领会了什么，那类似演奏音乐的乐趣，心想音乐这东西真是美妙，感觉上简直就像从肩上卸掉了沉重的担子，虽然在担负的时间里，我自己并没有察觉担负着那样的东西。”

“这种话，你可是一次都没说起过。”

“没说？”

姐姐默默摇头。

或许，他想，有可能没说过，至少没这样说过。

“觉察到自己是同性恋者的时候也同样，”他继续道，“自己身上无论如何也想不明白的几点疑问因此迎刃而解：原来是这样！心里畅快了许多，就像模模糊糊的景致豁然开朗。放弃将来当钢琴手和公开自己是同性恋者，周围的人也许对此感到失望，可有一点希望你明白：我是因此才好歹找回原来的自己的，找回原原本本的自己本身。”

他把咖啡杯放在坐在沙发上的姐姐面前，自己也拿着杯子在姐姐旁边坐下。

“也许我该更多一些理解你，”姐姐说，“但在那之前，你恐怕应该更详细些向我们解释各种情由才是。对我们开怀畅谈，或者你当时考虑的什么……”

“我不想做什么解释，”他打断姐姐，“觉得不一一解释你们也会明白，尤其是姐姐。”

姐姐无语。

他说：“至于周围人的心情等等，那时候的我根本考虑不来，压根儿没有考虑的时间。”

想起当时，他语声有些发颤，像要哭出来。但他设法控制住了，继续说下去。

“短时间里我的人生风云突变。我好容易才抓住了什么，没被甩离那里。我怕得很，怕得不得了。那种时候我没办法向别人做什么解释，觉得自己好像要从世界上滑落下去。所以我只是希望别人来理解，希望有人紧紧搂抱自己，不要什么道理什么解释，统统不要。可是没有一个人……”

姐姐双手捂脸，双肩颤抖，开始吞声哭泣，他把手轻轻放在姐姐肩上。

“对不起。”她说。

“没关系。”说着，他把牛奶放在咖啡里，用咖啡匙来回搅拌，慢慢喝着平复自己的心情。“用不着哭，我也不好。”

“嗳，怎么今天打来电话？”姐姐扬起脸，直直地盯视他的脸。

“今天？”

“我是说十多年没说话了，为什么偏偏今天……”

“发生一件小事，让我想到了姐姐，心想姐姐怎么样了呢。想听听声音，没别的。”

“不是因为从谁那里听到了什么？”

姐姐的语声带有特殊的韵味，他紧张起来。“没有，没从谁那里听到什么。有什么了？”

姐姐沉默良久，默默梳理心情。他耐心等她开口。

“说实话，准备明天住院。”姐姐说。

“住院？”

“后天做乳腺癌手术，右侧切除，利利索索地。至于癌能不能因此不扩散，谁都不知道。说是不拿出来看谁也不清楚。”

他好久都没能开口，手依然放在姐姐肩上，无谓地轮流打量着房间里的种种物件：时钟、摆件、挂历、音响装置的遥控器。尽管是看惯的房间看惯的物体，但他无论如何也把握不住物体与物体之间的距离感。

“不知该不该跟你联系，一直在犹豫。”姐姐说，“但最终觉得还是不联系好，没吭声。很想很想见你，想慢慢谈上一次，有的事也必须道歉。可是……不愿意以这种形式重逢。我说的能明白？”

“明白。”弟弟说。

“同样是相见，还是想在更乐观的情况下以更积极的心情见你，所以决心不打招呼。不料正当这时你打来了电话……”

他一言不发，双手从正面紧紧搂住姐姐。胸口感觉得出姐姐的两个乳房。姐姐脸贴他的肩，啜泣不止。姐弟两人这样的姿势保持了很久。

后来姐姐开口问：“你说发生一件小事让你想到了我，到底什么事呢？可以的话，能告诉我？”

“怎么说好呢？一两句说不明白。反正是一件小事。几种偶然合在一起，我就……”

他摇了摇头，距离感还是没有顺利返回。遥控器和摆件之间不知相距多少光年。

“说不好。”他说。

“没关系。”姐姐说，“不过也好，真的很好。”

他手摸姐姐右耳垂，指尖轻轻摩挲黑痣。而后，他悄悄吻在那耳朵上，就像在往关键场所传递无声的话语。

“姐姐切除了右乳房，幸好癌没转移，化疗也比较轻，没有掉头发什么的，现已彻底康复。每天我都去医院探望，毕竟对女人来说，失去一个乳房是很苦恼的事。出院后我也常去姐姐家玩，同外甥外甥女都很要好，还教外甥女钢琴。虽然由我来说不大好，不过天资相当不错。姐夫实际接触起来也没有预想的那么讨厌，当然傲慢的地方不是没有，也多少算是俗物，但工作勤奋这点是确确实实的，更难得的是疼爱姐姐。而且他终于理解了同性恋并非传染病，不至于传染给外甥外甥女。虽说微不足道，却是伟人的一步。”

说到这里，他笑了。

“同姐姐言归于好，我觉得自己的人生向前跨进了一步。说比以前活得自然了也行……那恐怕是我必须好好对待的事情。我想我在很长时间里是打心底里想同姐姐和解的。”

“可是那需要契机？”我问。

"是那么回事。"他说，并点了几下头，"契机比什么都重要。那时我忽然这么想来着：偶然巧合这东西没准是十分常见的现象。就是说，那类事物在我们周围动不动就日常性地发生一次，可是大半都没引起我们注意，自生自灭了，就好像在大白天燃放的烟花，声音多少有，但抬头看天什么也看不见。不过，如果我们有强烈求取的心情，它大概会作为一种信息在我们的视野中浮现出来。我们可以鲜明地读取其图形和含义，并且在目睹它的时候惊叹：哦，居然有这种事发生，不可思议啊！尽管实际上无所谓不可思议，但我们总有那样的感觉。怎么样，我的想法过于牵强附会吧？"

我就他说的想了想，回答是啊、或许那样。可是，对于能否简单得出这样的结论，我则信心不足。

"作为我，总的说来，还是想继续信奉爵士乐之神，这样来得简洁明快。"我说。

他笑了："那也非常不坏。但愿能有同性恋之神什么的。"

至于他在书店咖啡屋碰到的小个头女子后来命运如何，我就不晓得了。因为我家的钢琴已有半年多没调音了，没有同他见面交谈的机会。或许他现在也每到星期二就穿过多摩川去那家书店咖啡屋，迟早会同她相遇。不过还没听到下文。这么着，这个故事至此结束。

我衷心希望有爵士乐之神或同性恋之神——或者其他任何神都可以——在什么地方不动声色地以某种偶然的姿态出现，保护着那位女子，非常简单地。

哈纳莱伊湾

幸的儿子十九岁时在哈纳莱伊湾遭大鲨鱼袭击死了。准确说来，并非咬死的。独自去海湾冲浪时，被鲨鱼咬断右腿，惊慌之间溺水而死。鲨鱼不至于出于喜好吃人。总的说来，人肉的味道不符合鲨鱼的口味，一般情况下咬一口也就失望地径自离去了。所以，只要不惊慌失措，遭遇鲨鱼也只是失去一条胳膊或一条腿，大多可以生还。只是，她的儿子吓得太厉害了，以致可能出现类似心脏病发作的症状，结果大量呛水溺死。

幸接到火奴鲁鲁日本领事馆的通知，一下子坐倒在地板上，脑袋里一片空白，什么都思考不成，只管瘫坐着盯视眼前墙上的一点，自己也不知道那样待了多久。但她终于打起精神，查出航空公司的电话号码，预订飞往火奴鲁鲁的飞机。一如领事馆的人所说，必须争分夺秒赶去现场，确认是否真是自己的儿子。万一弄错人的可能性也是有的。

不料，由于连休的关系，当天和第二天去火奴鲁鲁的飞机一个空座也没有，哪家航空公司情况都一样。但她说明原委之后，美联航[1]的工作人员让她马上去机场，设法帮她找个座位。她简单收拾一下行李赶去成田机场，等在那里的女工作人员递给她一张商务舱机票。“现在只这个空着，不过您花经济舱的票价就行了。”对方说，“您想必难过，注意提起精神。”幸说谢谢实在帮大忙了。

抵达火奴鲁鲁机场时，幸才发觉由于太着急了，忘了把抵达时间告诉领事馆，却又嫌现在联系等待碰头麻烦，于是决定独自一人去可爱岛（Kauai Island）。到了那里总有办法可想。转机到达可爱岛已快中午了，她在机场的汽车出租站借得小汽车，首先开到附近的警察署。她说自己是接到儿子在哈纳莱伊湾被鲨鱼咬死的通知后从东京赶来的，一个戴眼镜头发花白的警察把她领到冷冻仓库般的遗体安置所，给她看了被咬掉一条腿的儿子的尸体。右腿从膝盖偏上一点那里起没有了，断面凄惨地露出白骨。毫无疑问是她的儿子。脸上已没了表情，看上去好像极为正常地熟睡着，很难认为已经死了。估计有人给修整了表情，仿佛使劲一摇肩就能嘟嘟囔囔醒来，一如以往每天早上那样。

在另一房间里，她在确认尸体为自己儿子的文件上签了字。警察问她打算怎么处理儿子的遗体，她说不知道，又反问一般情况下应如何处理。警察说火葬后把骨灰带回去是这种情况下最一般的做法，进而解释

1 美国联合航空公司。全称为 United Airlines。

说遗体直接带回日本也是可能的，但一来手续麻烦，二来花钱。或者葬在可爱岛陵园也是可以的。

幸说请火葬好了，骨灰带回东京。儿子已经死了，无论如何都不可能复生，灰也好骨也好遗体也好，还不都一个样。她在火葬申请书上签了字，付了费用。

“只有美国运通卡（American Express）……”幸说。

“美国运通卡就可以了。”

幸想道，自己在用美国运通卡支付儿子的火葬费用。她觉得这对于她是很不现实的，和儿子被鲨鱼咬死同样缺乏现实性。火葬定在第二天上午进行。

“你英语讲得不错啊！”负责此事的警察一边整理文件一边说。是个日裔警察，名字叫坂田。

“年轻时在美国住过一段时间。”幸说。

“怪不得。”说着，警察把儿子的东西递了过来：衣服、护照、回程机票、钱夹、随身听、杂志、太阳镜、化妆包。一切都装在不大的波士顿旅行包里。幸也必须在列有这些零碎东西的一览表收据上签字。

“另外还有孩子？”警察问。

“不，就这一个。”幸回答。

“您丈夫这回没一起来？”

“丈夫很早就去世了。”

警察深深叹息一声：“真是不幸。如果有我们可以帮忙的，请只管说。”

“请告诉我儿子死的地方，还有投宿的地方，我想他有住宿费要付。另外，想同火奴鲁鲁的日本领事馆取得联系，能借我电话一用？”

警察拿来地图，用记号笔划出儿子冲浪的位置和投宿旅馆的位置。她决定住在警察推荐的镇上一家小旅馆。

“我个人对您有个请求，”名叫坂田的半老警察临别时对幸说，“在这座可爱岛，大自然时常夺去人命。如您所见，这里的大自然的确十分漂亮，但有时候也会大发脾气，置人于死地。我们和这种可能性一起生活。对您儿子的死我深感遗憾，衷心同情，但请您不要因为这件事埋怨、憎恨我们这座岛。在您听来或许是一厢情愿的辩解，可这是我的请求。”

幸点头。

“太太，我母亲的哥哥一九四四年在欧洲战死了，在法德边境。作为由日裔美国人组成的部队[1]的一员，在救援被纳粹包围的得克萨斯队伍[2]时被德军炮弹击中阵亡的。剩下的只有军人身份确认牌和零零碎碎的肉片在雪地上四下飞溅。母亲深爱着哥哥，自那以来人整个改变了。我当

1　美国陆军第 442 步兵团。二战期间美国陆军中一个几乎全部由第二代日裔美国人组成的团级作战单位。

2　第 442 步兵团赴法参战时改属 36 步兵师，又称得州师。第 442 步兵团在法国北部为营救 36 师第 141 步兵团被德军围困的两百多名步兵时，付出了大量伤亡的惨痛代价。

然只知道改变之后的母亲的样子，非常令人痛心。”

如此说罢，警察摇了摇头。

“无论名义如何，战争死亡都是由各方的愤怒和憎恨造成的。但大自然不同，大自然没有哪一方。对于您，我想的确是沉痛的体验，但如果可能的话，请您这样认为——您的儿子是同什么名义什么愤怒什么憎恨一概无缘地返回了大自然的循环之中。”

翌日火葬后，她接过装有骨灰的小铝罐，驱车驶往位于北岸（North Shore）深处的哈纳莱伊湾。从警察署所在的利胡埃（Lihue）镇到那里要一个小时。几年前袭来的一场飓风使岛上几乎所有的树木严重变形，被吹走房顶的木结构房屋也看到了几座。甚至有的山也变形了。自然环境确实严酷。

穿过仿佛半休眠的哈纳莱伊小镇前行不远，就是儿子遭遇鲨鱼的冲浪地点。她把车停在附近的停车场，在沙滩上坐下，眼望五六个冲浪手骑在浪头上的光景。他们手抓冲浪板在海湾上浮游，每当强有力的浪头打过来便抓住它，通过助跑站到板上，乘浪来到海岸近处，等浪头低落下去，他们便失去平衡落进水中。然后，他们收回冲浪板，再次双手划进，钻过海浪返回海湾，如此周而复始。幸有些费解，这些人莫非不害怕鲨鱼？或者没有听说我的儿子几天前在同一地点被鲨鱼咬死？

幸坐在海滩上，半看不看地把这光景看了一个来小时。任何有轮廓的事情她都无从考虑。具有重量的过去一下子在哪里消失得无影无踪，将来又位于极其遥远和黑暗的地方。任何地方的时态同此时的她都几乎没有关联。她只管坐在现在这一不断移行的时间性之中，只管机械性地以眼睛追逐波浪和冲浪手们单调而反复地勾勒出的风景。她忽然心想：当下的自己最需要的就是时间。

之后，她去了儿子住过的旅馆。冲浪手们投宿的小旅馆，脏兮兮的，有个荒芜的院子，两个半裸的长头发年轻白人坐在帆布椅上喝啤酒，几只绿色的 Rolling Rock 酒瓶倒在脚前的杂草丛中，一个金发一个黑发，但除了这点，两人脸形相同体形相近，胳膊上都有时髦的刺青，身上隐隐发出大麻味儿，还有狗屎味儿混在里面。幸走近时，两人以警惕的目光看她。

“住过这家旅馆的我儿子三天前给鲨鱼咬死了。”幸解释说。

两人对视了一下。“那，可是 TEKASHI？”

“是的，是 TEKASHI。”

“蛮酷的小子，”金发说，“可怜啊！”

“那天早上，呃——，有很多海龟进入海湾，”黑发以弛缓的语调介绍道，“鲨鱼追海龟追了过来。啊——，平时那些家伙是不咬冲浪手的。我们跟鲨鱼相处得相当不错。可是……唔——，怎么说呢，鲨鱼也是什么样的都有。”

“我是来付旅馆费的，”她说，“想必还没支付完。”

金发皱起眉头，把啤酒瓶子往天上晃了几晃：“跟你说，阿姨，你是不大清楚，这里只留先付款的客人。毕竟是以穷冲浪手为对象的便宜旅馆，不可能有没付房费的客人。”

“阿姨，啊——，不把TEKASHI的冲浪板带走？”黑发说，“给鲨鱼那家伙咬了，咔嗤咔嗤……裂成两半。迪克·布鲁尔（Dick Brewer）牌那种旧家伙。警察没拿，噢，我想还在那里。”

幸摇头。没心思看那玩意儿。

“可怜啊！”金发重复一句，看样子想不起别的台词。

“蛮酷的小子啊！”黑发说，“够可以的，冲浪相当有两下子。呃——，对了，前一天晚上也一起……在这里喝龙舌兰酒来着。唔。”

幸最终在哈纳莱伊镇上住了一个星期。租的是看上去最像样的别墅，自己在那里做简单的饭菜。她必须在回日本前设法让自己振作起来。她买了塑料椅、太阳镜、帽子和防晒霜，天天坐在沙滩上打量冲浪手。可爱岛北岸的秋日天气很不稳定，一天下几次雨，且是倾盆大雨。下雨她就钻进车里看雨，雨停了又到沙滩看海。

自那以来，幸每年一到这个时候就来哈纳莱伊。在儿子忌日稍前一点赶来，大约住三个星期。来了，每天都带上塑料椅去海边观看冲浪手们的身姿。此外基本不做什么，只是整日坐在海边。这已持续了十多年。住同一别墅的同一房间，在同一餐馆独自看书吃饭。如此年复一年按部就班的重复时间里，也有了几个可以亲切聊天的对象。镇子小，现在仍有许多人记得幸的模样，她作为儿子在附近被鲨鱼咬死的日本母亲而为大家所熟悉。

那天，她去利胡埃机场更换车况不佳的租用小汽车，回来路上在一个叫卡帕（Kappa）的镇上发现了两个搭便车（或徒步）旅行的日本小伙子。他们肩挎大大的运动包，站在“小野家庭餐馆”（Ono Family Restaurant）前面，不抱希望地朝汽车竖起大拇指，一个瘦瘦高高，一个敦敦实实，两个都把头发染成褐色，长发披肩，一件皱皱巴巴的T恤，一条松松垮垮的短裤，加一双拖鞋。幸径直开了过去，开了一会儿又转念掉头回来。

“去哪里？”她打开车窗用日语问。

“啊，会讲日语！”瘦瘦高高说。

“那自然，日本人嘛。”幸应道，“去哪里？”

“一个叫哈纳莱伊的地方……”瘦瘦高高回答。

“还不坐上？正好回那里。”

“帮大忙了！”敦敦实实说。

他们把东西塞进后车厢，然后准备一齐坐进道奇彩虹（Dodge Neon）的后排座。

“喂喂，两个都坐在后面可不好办，”幸说，“又不是出租车[1]，一个到前面来。这是礼节！”

于是瘦瘦高高战战兢兢地坐在副驾驶席上。

“这、这车是什么牌子呢？”瘦瘦高高好歹把长腿弯起来问道。

“道奇彩虹，克莱斯勒生产的。”

“哦，美国也有这么憋屈的车！我家姐姐开的是卡罗拉（Corolla），那个反倒宽敞。”

“美国人也不全都开凯迪拉克的哟！”

“不过太小了！”

“不满意就下去好了！”幸说。

“不不，说的不是那个意思，糟糕！只是说小、让人吃惊地小。原以为美国车全都宽宽大大来着。”

“那，去哈纳莱伊干什么？”幸边开车边问。

“算是冲浪吧。”瘦瘦高高回答。

“冲浪板呢？”

“打算在当地想办法。”敦敦实实说。

1　日本的出租车前排不能载客。

“懒得特意从日本带来，再说，听人说可以买到便宜的二手货。”瘦瘦高高接道。

“嗳，阿姨您也是来这里旅行的？”敦敦实实问。

“是啊。”

“一个人？”

“是的。”幸淡淡地应道。

“不会是传说中的冲浪手吧？”

“那怎么可能呢！”幸大为惊诧，“不过，你们俩在哈纳莱伊住的地方可预订了？”

“没有，到了总有办法可想吧。”瘦瘦高高答道。

“不行的话露宿沙滩也没关系，”敦敦实实说，“我们又没什么钱。”

幸摇头道：“这个季节的北岸，夜里冷得不得了，在屋子里都要穿毛衣。露宿嘛，首先身体就报销了。”

“不是说夏威夷终年如夏吗？”瘦瘦高高问。

“夏威夷完全位于北半球，四季一个也不少。夏天热，冬天也够冷。”

“那么说，得在哪里找个有屋顶的地方住啰！”敦敦实实说。

“我说阿姨，能介绍一个可以住人的地方？”瘦瘦高高说，“我俩几乎讲不了英语。”

“听说夏威夷哪里都通行日语，可来到一看，根本不通。”敦敦实实接道。

“还不理所当然！”幸惊讶地说，“通日语的，只限于瓦胡岛（Oahu），而且只是怀基基（Waikiki）的一部分。因为日本人来买路易·威登啦香奈儿啦高档货，所以那边特意找了会讲日语的店员，或者凯悦、喜来登什么的也有。出了这些地方，只通英语，毕竟是美国。连这个都不知道就来夏威夷了？”

“啊，是不知道。我家老妈说夏威夷哪里都通行日语。”

“得得！”幸发出感叹。

“对了，旅馆最好找最便宜的，”敦敦实实说，“我俩没钱，真的。”

“哈纳莱伊最便宜的旅馆么，初来乍到最好别住。”幸说，“不大安全。”

“怎么个不安全？”瘦瘦高高问。

“主要是毒品，”幸说，“冲浪手里也有行为不端的，大麻倒也罢了，若是冰毒可就麻烦透了。”

“冰毒是什么？”瘦瘦高高问。

“像你俩这样一无所知的傻瓜蛋，正好给那伙人骗到手里。”幸说，

"冰毒嘛，是在夏威夷蔓延的一种烈性毒品。我也不大清楚，像是兴奋剂的结晶体。便宜、方便，心荡神迷，但用上一回，往下只有等死。"

"不得了！"瘦瘦高高说。

"那——，大麻之类不要紧的？"敦敦实实问。

"要紧不要紧不晓得，但大麻不至于死人。"幸说，"吸毒肯定让人死去，但大麻绝对死不了，只是变得傻点罢了。若是你们两个，我想不会和现在有什么两样。"

"说得真够狠的。"敦敦实实应道。

"阿姨，您怕是团块的吧？"

"团块是什么？"

"团块一代[1]。"

"哪一代也不是，我只作为我活着，最好别简单归类。"

"喏喏，瞧这语气，到底是团块的嘛！"敦敦实实说，"动不动就来脾气，和我老妈一模一样。"

"跟你说清楚，我可不愿意和你那未必地道的老妈归为一类。"幸应道，"反正在哈纳莱伊尽可能住正规的地方为好，这样安全。杀人那样的事也不是没有。"

"这里不是和平天国啊！"敦敦实实说。

1 日本战后出生高峰时期出生的一代人。

“啊，已经不是埃尔维斯的时代了。”幸说。

“我倒是不大知道，埃尔维斯·科斯特洛（Elvis Costello）怕是半大老头了吧？”瘦瘦高高接道。

往下一段时间幸再没说什么，默默驱车前行。

幸托自己所住度假别墅（Cottage）的经理为两人找了房间。因是她介绍的，按星期计算的房租得以低了许多。尽管这样，还是不符合两人的预算。

“不成啊，我们没那么多钱。”瘦瘦高高说。

“钱紧绷绷的。”敦敦实实说。

“不过，应急用的钱总是有的吧？”幸问。

瘦瘦高高为难地搔着耳垂：“唔，大来国际[1]的家庭卡倒是带着，可父亲再三叮嘱只能在真正紧急时使用，说一旦用开头就收不住了。不用在紧急时候，回日本要挨骂的。”

“傻瓜蛋，”幸说，“现在正是紧急时候。若是想要脑袋，就赶紧用卡在这里住下。你们不想半夜给警察逮住扔进拘留所，深更半夜给大相扑一般的大块头夏威夷汉子来个鸡奸吧？如果喜好那个当然另当别论，不过可够痛的哟！”

1 Diners Club International，即大来国际信用卡公司，英文原名意思是“食客俱乐部”。

瘦瘦高高当即从钱夹深处掏出大来国际家庭卡，交给别墅经理。幸向经理打听哪里有卖便宜的二手冲浪板的地方，经理告诉了店铺位置，并说离开这里时还能以适当价格回收。两人把东西放进房间，立刻去那家店铺买冲浪板了。

第二天早上，幸仍像往日那样坐在沙滩看海时，那两个日本小伙子结伴赶来，开始冲浪。两人外表似乎不堪信赖，但冲浪的本领毫不含糊，发现强势浪头迅速骑了上去，灵巧地控制冲浪板，轻轻松松来到近岸的地方。她百看不厌地看了好几个小时。骑上浪头的两人显得英姿飒爽生机勃勃，眼睛闪闪生辉，充满自信，全然没有优柔寡断的表现。想必在学校里不用功学习，从早到晚只管冲浪，一如她死去的儿子的当时。

幸开始弹钢琴是在上高中以后。作为钢琴手起步相当晚，那之前碰都没碰过钢琴，但放学后在高中音乐教室摆弄钢琴的时间里，她无师自通地弹得十分流畅。她本来就具备绝对音感，听觉也在常人之上。无论什么旋律，听过一遍即可马上转换到键盘上去，甚至能找出同旋律相适应的和弦。没有跟任何人学，但十指跳跃自如——她天生具有弹钢琴的才华。

目睹幸在音乐教室摆弄钢琴的光景，一个年轻的音乐老师很是欣赏，为她纠正了指法上的基础性错误。“那样也能弹，但这样弹得更快。”说着，他实际弹给她看。她转瞬之间就心领神会了。那个老师是爵士乐迷，放学后给她讲了弹奏爵士乐的基础理论：和弦是怎样成立、如何进行的？踏板该怎样使用？即兴演奏是怎样一种概念？她贪婪地将这些据为己有。老师还借给她几张唱片：“瑞德 · 加兰”（Red Garland）、比尔 · 艾文思（Bill Evans）、温顿 · 凯利（Wynton Kelly）。她反复听他们的演奏，模仿得惟妙惟肖。一旦习惯了，模仿并没有多大难度。她不用一一看谱，仅用手指即可把那里的音的效果和流势完整地再现出来。“你有才华。只要用功，就可成为职业钢琴手。”老师佩服地说。

可是，幸似乎很难成为职业钢琴手，因为她所擅长的仅仅是准确模仿原创作品。把已有的东西按原样弹奏出来是轻而易举的，但不能创作属于自己本身的音乐。即使告诉她随便弹什么都行，她也不晓得弹什么好。每次开始随便弹奏，弹来弹去都还是要模仿什么。她也不习惯读谱，面对写得密密麻麻的乐谱，她每每感到窒息般的难受，而实际听声后将其原封不动移至键盘则轻松得多——作为钢琴手，这样子无论如何也干不下去，她心里想道。

高中毕业出来，幸决定正式学习烹饪。倒不是说对烹饪有多大兴趣，但父亲经营餐馆，加之此外没有什么特别想干的事，于是觉得继承餐馆也未尝不可。为上烹饪专科学校，她去了芝加哥。虽然芝加哥这座城市不以美食闻名于世，但碰巧有亲戚住在那里，为她当了身份担保人。

在那所学校学烹饪期间，在同学的劝诱下，她开始在市中心（Downtown）一家钢琴酒吧弹钢琴。起初只打算临时打工赚一点小费。家里的汇款仅够维持生活，多少有余钱进来自然求之不得。由于她什么乐曲都能即刻弹出，酒吧的老板对她甚为中意。听过一次的曲子绝不会忘，即便没听过的，只要对方哼上一遍也能当场弹出。长相虽算不上漂亮，但样子蛮讨人喜欢。因此有了人气，专门为她而来的顾客多了起来。小费数额也相当可观。不久，学校也不再去了。较之处理血淋淋的猪肉、切削硬邦邦的奶酪和刷洗脏乎乎沉甸甸的平底锅，坐在钢琴前开心得多、轻松得多。

因此，当儿子上高中几乎处于退学状态、一天天只顾冲浪的时候，她也认为那恐怕是没有办法的，毕竟自己年轻时也大同小异，无法责备别人，这大概就是所谓血缘。

幸在钢琴酒吧大约弹了一年半钢琴。英语也能说了，钱也存了不少，美国男朋友也有了，是个想当演员的英俊的黑人（后来幸看见他在《龙威虎胆 2》里演配角）。不料有一天，一个胸口别着徽章的入境管理局人员来了。她做得未免太张扬了。对方请她出示护照，随即以非法务工为由当场把她拘留起来，几天后让她坐上飞往成田的超大型喷气式客机——当然机票费要从她的存款中扣除。如此这般，幸的旅美生活结束了。

返回日本后，她就今后的人生考虑了种种可能性，但除了弹钢琴想不出其他谋生方法。由于不擅长读乐谱，工作场所有限，但任何曲目都能过耳不忘地照弹这一特殊技能，使得她在种种场合都受到很高评价。在宾馆酒廊、夜总会、钢琴酒吧，她都能够根据场上气氛、顾客层次和所点乐曲，以任何一种风格演奏，正可谓“音乐变色龙”。总之，在找工作方面一路畅通。

二十四岁时结了婚，两年后生了个男孩。对方是个比她小一岁的爵士乐吉他手。几乎没有收入，吸毒成性，性生活也不检点。时常不回家，回家还每每动武。所有人都反对这一婚姻，婚后又劝她离婚。丈夫固然性格粗暴，但具有原创性音乐才华，在爵士乐坛上作为年轻旗手受人瞩目，幸就是被他这一点吸引住了。然而婚姻只维持了五年。他在别的女人房间里半夜心脏病发作，在赤身裸体抬往医院的途中死了——吸毒吸过头了。

丈夫死后不久，她在六本木独自开了一间不大的爵士乐酒吧。存款有一定数目，瞒着丈夫加入的人寿保险有款下来，从银行也能贷款，因为那家银行支行的行长是她以前在钢琴酒吧的常客。酒吧里放了一架二手三角钢琴，依其形状做了吧台，从其他酒吧高价挖来一个自己看中的领班兼经理。她天天晚间弹钢琴，客人或点歌或随其伴奏歌唱。钢琴上放一个装小费的金鱼缸。在附近爵士乐俱乐部演奏完的乐手们也有时顺路进来，随意演奏几曲。常客也有了，买卖比预想的红火，贷款也顺利还上了。由于婚姻生活搞得她焦头烂额，就再未结婚，但不时交往的对象还是有的。大多是有家室的人，不过作为她这样反倒轻松。如此一来二去，儿子长大成了冲浪手，提出要去可爱岛哈纳莱伊冲浪。幸本来不支持，但懒得争辩，勉勉强强出了旅费。长时间争论不是她的强项。儿子正在那儿等待巨浪时，被追海龟追进海湾的鲨鱼咬了一口，十九岁的短暂生涯因此落下帷幕。

儿子死后，幸比以前更热心工作了，一年到头在酒吧弹琴，几乎不休息。秋天快结束的时候，就休假三个星期，乘美联航的商务舱飞去可爱岛。她不在期间，有另一位钢琴手代替她弹奏。

在哈纳莱伊，幸也不时弹钢琴。一家餐馆有架小型三角钢琴，每到周末就有一位五十五六岁、体型像豆芽的钢琴手前来演奏。主要弹《Bali Ha'i》和《蓝色夏威夷》（Blue Hawaii）等无可无不可的音乐，作为钢琴手虽不特别出色，但性格温厚，其温厚在其演奏中也隐隐渗出。幸同这位钢琴手要好起来，不时替他弹琴。当然，因是临时客串，没有酬金，不过老板会拿出葡萄酒和意面招待她。她喜欢弹钢琴本身。仅仅把十指按在琴盘上她都觉得心情无比舒畅，那和有无才能无关，也不是顶用不顶用的问题。幸想像自己的儿子冲浪时大概也是同一种感觉。

不过坦率地说，作为一个人来看，幸并不怎么喜欢自己的儿子，喜欢不来。当然爱还是爱的，比世上任何人都珍惜他。然而在其人品方面——她花了好长时间才承认这一点——无论如何都无法抱有好意。倘若不是自己亲生骨肉，靠近恐怕都不至于靠近。儿子任性，没有毅力，做事虎头蛇尾。逃避讲真话，动辄说谎敷衍。几乎不用功，学习成绩一塌糊涂。多多少少用心做的事情唯有冲浪，而那也不晓得何时半途而废。长相讨人喜欢，结交女孩子固然不成问题，但只是随意玩耍，厌了就像扔玩具一样随手扔掉。她想，也许是自己把那孩子宠坏了，零花钱可能给得太多，或者应严加管教亦未可知。话虽这么说，可具体如何严厉才好呢？她不晓得。工作那么忙，对男孩子的心理和身体又一无所知。

她在那家餐馆弹钢琴时，那两个冲浪小伙子来吃饭了。那是他俩来哈纳莱伊的第六天，两人已彻底晒黑。也许是神经过敏，觉得较第一次见面时健壮多了。

“哦，阿姨您会弹钢琴！”敦敦实实开口了。

“好有两下子嘛，专家！”瘦瘦高高说。

“玩玩。”幸应道。

“B'z[1]的曲子可知道？”

“不知道，不知道那玩意儿。”幸说，“对了，你俩不是穷么？有钱在这种餐馆吃饭？”

“有大来卡嘛！”瘦瘦高高一副得意的神气。

“这不是应急之用吧？”

“啊，总有办法对付。不过，这东西用上一次就收不住了，正如父亲说的。”

“那是。开心就好啊！”幸表示欣赏。

“我俩么，想招待您一次。”敦敦实实说，“还不是，承蒙帮了不少忙，我俩后天一早要回日本了，想在回国之前招待您一次，算是答谢。”

“所以嘛，如果可以，就一起在这里吃顿饭怎么样？葡萄酒也来上一瓶，我俩请客。”瘦瘦高高说。

“饭刚才吃过了。”说着，幸举起手中的红酒杯。“葡萄酒是店里招待的。所以，光领心意就行了。”

一个大块头白人男子来到他们桌前，在幸身旁站定，手里拿着威士忌酒杯。四十岁左右，短发，胳膊有较细的电线杆那般粗，上面有巨龙刺青，下端现出USMC（美国海军陆战队）字样。看样子是很久以前刺

1 由吉他手松本孝弘和主唱稻叶浩志组成的日本摇滚组合。

的，颜色已经变淡。

“你这人、钢琴有两手嘛！”他说。

“谢谢！”幸瞥一眼男子应道。

“日本人？”

“是的。”

“我在日本待过，倒是过去的事了。在岩国[1]，两年。”

“唔。我在芝加哥住了两年，过去的事了。所以算是彼此彼此吧？”

男子想了想，猜想大约是开玩笑。

“弹支什么吧，热火朝天的那种。巴比·达林（Bobby Darin）的《飞越情海》（Beyond the Sea）可晓得？我想唱唱。”

“我不在这里做工，再说正和这两个孩子说话。钢琴前坐着的那位稀发瘦削的绅士是这里的专任钢琴手，如果点歌，求他怎么样？注意别忘了放小费。”

男子摇头道：“那种果馅松糕，只能弹那种软乎乎松垮垮的同性恋音乐。不用他，就想请你顶呱呱来一支。我出十美元。”

“五百美元也不弹。”幸说。

“是吗？”

“是那样的。”

---

1 岩国市，位于日本山口县最东端。

“我问你，为什么日本人不为了保卫自己的国家作战？干嘛我们必须跑到岩国那里保护你们？”

“所以我就必须乖乖弹钢琴？”

“就是那样！”说罢，男子打量坐在桌子对面的两个年轻人，“哎哟，你们两个，充其量是百无一用、大脑空空的冲浪手对吧？Jap[1]特意跑来夏威夷冲什么浪，到底打的什么主意？伊拉克……”

“有句话想问你，”幸从旁插话，“刚才脑海里已经‘咕嘟咕嘟’冒出疑问来了。”

“说说看！”

幸侧起头，向上直直地逼视男子的脸：“我一直在想，你这一类型的人究竟是怎样形成的呢？是生来就这种性格还是在人生当中遇到什么不愉快的事造成的呢？到底属于哪方面？你自己怎么看？”

男子再次就此想了想，而后把威士忌酒杯“砰”一声放在桌子上：“喂喂，Lady——”

听得大声喊叫，酒吧老板走了过来。他个头不高，但一把抓起原海军陆战队员的粗胳膊，把他领到什么地方去了。看样子是熟人，男子也没挣扎，只是气呼呼甩下一两句粗话。

“对不起。”稍后老板折回向幸道歉，“平时人倒不坏，但一喝酒就

1 Japanese 的略称，泛指日本人、日本语及日本等，二战后逐渐演变成贬义词，带有种族歧视意味。

变了。过后好好提醒他就是。我来招待点什么，把不愉快的事忘掉！”

“不碍事，这个早习惯了。”幸说。

“那个人到底说什么来着？”敦敦实实问幸。

“说什么一点也没听懂，”瘦瘦高高说，“只听出 Jap 什么的。”

“没听懂也无所谓，不是什么大不了的。”幸说，“对了，你俩在哈纳莱伊整天冲浪，可快活？”

“快活得不得了！”敦敦实实回答。

“美上天了！”瘦瘦高高接道，“觉得人生整个变了样，真的。”

“那就好，能快活就尽情快活好了——账单很快就会转来的。”

“不怕，我有卡。”瘦瘦高高应道。

“你俩倒是轻松。”说着，幸摇一下头。

“嗳，阿姨，问一下可以么？”敦敦实实说。

“什么？”

“您在这里可看见了一个单腿日本人？”

“单腿日本冲浪手？”幸眯细眼睛，迎面注视敦敦实实，“没有，没看见的。”

“我俩看见了两三次。从海边一动不动看我们来着，手拿迪克·布鲁尔牌红色冲浪板，一条腿从这往下没有了。”敦敦实实用手指在膝盖往上十厘米左右那里画一条线，“好像整个儿断掉了。脸看不见。想跟他说话，找得相当用心，但没找到。年龄估计和我俩差不多。”

“那、是哪条腿？左边、还是右边？”

敦敦实实略一沉思，“呃——，像是右边，是吧？”

“嗯，右边，没错儿。”瘦瘦高高应道。

“噢——”幸用葡萄酒润湿口腔，心脏发出硬硬的声响，“真是日本人？不是日裔美国人？”

“不会错，是不是一看就知道。那人是从日本来的冲浪手，和我俩一样。”瘦瘦高高说。

幸使劲咬了一会嘴唇，然后用干涩的声音说：“不过奇怪呀，这么一个小镇，若有单腿日本冲浪手，不想看都会看见的啊……”

“是啊，”敦敦实实接道，“那情形绝对引人注意，所以你说奇怪也有道理。不过确实有的，没错，我俩看得一清二楚。”

瘦瘦高高继续道：“阿姨您时常坐在沙滩上的吧？总在同一位置。那家伙就在离那不远的地方单腿站着，还看我们来着，靠在树上——就在有个野餐桌、几棵铁树阴影那里。”

幸一声不响地喝了一口葡萄酒。

“问题是，单腿怎么能站在冲浪板上呢？莫名其妙。双腿都很不容易的嘛！”敦敦实实说。

从那以后，幸每天都在长长的海滩上来回走许多次，从一大早走到天黑，可哪里都没有单腿冲浪手的身影。她到处问当地冲浪手见没见过一个单腿日本冲浪手，但谁都现出诧异的神情，摇头否认：单腿日本人冲浪手？没看见什么单腿的。看见了当然记得，显眼的么！不过单腿怎么冲浪呢？

回日本前一天夜晚，幸收拾好行李上床躺下。壁虎的叫声随涛声传来。意识到时，眼泪淌了出来。枕头湿了，她这才想到是自己哭了。为什么那两个游手好闲的冲浪手看得见，自己却看不见呢？岂不无论怎么想都不公平？她在脑海中推出停放在遗体安置所的儿子遗体。如果可能，她很想使劲摇晃肩头把他叫醒，大声问他：喂，怎么回事？这不是有点儿过分了？

幸久久地把脸埋在打湿的枕头上，吞声哭泣。自己没有那个资格不成？她不明白。她明白的只是无论如何自己都必须接受这座岛。一如那位日裔警察以沉静的语声提示的那样，自己必须原原本本接受这里存在的东西。公平也罢不公平也罢，资格那类东西有也罢没有也罢，都要照样接受。第二天早上，幸作为一个健康的中年女性睁眼醒来。她把旅行箱塞进道奇的后座，离开哈纳莱伊湾。

回日本大约过了八个月，幸在东京街头碰见了敦敦实实。在六本木地铁站附近的星巴克避雨喝咖啡时，敦敦实实正在旁边一张桌子前坐着。一件熨烫过的拉夫·劳伦衬衫，一条卡其裤（Chino Pants），打扮得整整齐齐，和一个容貌端庄的小个子女孩在一起。

“呀，阿姨！”他喜洋洋地站起来，走到幸的桌旁，“吓我一跳，没想到会在这里遇上！”

“哟，活得还好？”她说，“头发短了不少嘛！”

“毕竟大学也快毕业了。”敦敦实实说。

“哦，你这样的也能从大学毕业？”

“呃，啊，别看我这德性，那方面还是下了些功夫的。”说着，他弓身坐在对面。

“冲浪不冲了？”

“偶尔周末冲一次。还有工作要找，差不多该洗脚上岸了。”

“瘦瘦高高朋友呢？”

“那家伙悠闲得很，不愁没工作。父母在赤坂开一家相当够规模的西式糕点店，跟他说如果继承家业就给买宝马，羡慕啊！我没办法相比。”

幸觑一眼外边，夏日的阵雨淋黑了路面。路很挤，出租车焦躁地按着喇叭。

“那里坐的女孩可是恋人？”

“嗯。或者不如说眼下正在发展中。”敦敦实实搔着脑袋说。

“相当可爱的嘛，配你倒是亏了。怕是很难让你得手吧？”

他不由得仰脸看天花板：“说话还是够狠的啊，完全不管不顾。不过真给你说中了。可有什么高招儿？怎样才能和她一下发展起来的……”

“和女孩顺利厮混的方法只有三个：一、默默听对方说话；二、夸奖她穿的衣服；三、尽量给她好东西吃。简单吧？这么做下来还是不行，那就死心为好。”

“嗬，现实可行又简明易懂嘛！记在手册上可以吗？”

“可以是可以，可这点东西脑袋记不下？”

“我么，和鸡一个样，走不到三步记忆就丢得利利索索。所以，什么都得记下来。听说爱因斯坦也这个样。”

“爱因斯坦也？”

“健忘不是问题，忘掉才是问题。”

“随你便。”幸说。

敦敦实实从衣袋里掏出手册，把她的话认真记录下来。

“谢谢您经常给我忠告，很有帮助。”

“但愿顺利得手。”

“加油就是。”说罢，敦敦实实起身准备回自己座位，却又想了一下伸出手来，“阿姨您也加油！”

幸握住他的手：“跟你说，你们俩没在哈纳莱伊湾被鲨鱼吃了，真是幸运。”

“哦，那里有鲨鱼出没？当真？”

“有的，”幸说，“当真！”

幸每个晚间都坐在八十八个象牙色与黑色键盘前，几乎自动地动着手指。那时间里别的什么也不想，唯有旋律通过意识从此侧房门进入，由彼侧房门离去。不弹钢琴的时候，她就思考秋末在哈纳莱伊居住的三个星期：拍岸的涛声，铁树的低吟，被信风吹移的云，大大地展开双翅在空中盘旋的信天翁，以及应该在那里等待她的东西。对她来说，此外没有任何让她思念的东西。哈纳莱伊湾！

在所有可能找见的场所

“丈夫的父亲三年前被都电[1]压死了。”说罢，女子略微停顿一下。

我没有特别发表感想，只是直直地看着对方的眼睛轻点两下头，在她停顿时间内检查笔盒里排列的半打铅笔的笔尖，像打高尔夫的人根据距离挑选球棍一样慎重地挑选铅笔，既不能太尖，又不能太粗。

“说来不好意思……”女子说。

我同样没表示意见，把便笺拉到手边，为测试铅笔而在最上端写下今天的日期和对方姓名。

“东京如今差不多不跑有轨电车了，全部被公共汽车取代。不过，仍有少部分保留下来，感觉上好像是一种纪念品。公公就是被它压死的。”说到这里，她发出无声的叹息，“三年前的十月一日夜里，下好大好大的雨。”

我用铅笔在便笺上简单记录信息：公公，三年前，都电，大雨，10/1，夜。我写字只能一笔一划，记录很花时间。

“公公那时醉得相当厉害。否则不至于下大雨的夜晚睡在什么电车轨道上，我想。理所当然。”

如此说完，女子又沉默一阵子，嘴唇闭成一条直线，目不转睛地注视着我，大概希望我赞同。

“理所当然。”我说，“醉得相当厉害对吧？”

“好像醉得人事不省。”

“您公公经常那样？”

“您是说动不动就喝得大醉、醉得人事不省？”

我点头。

“的确不时醉得相当厉害，”女子承认，“但并非动不动，而且都没醉到在电车轨道上睡过去的程度。”

究竟醉到什么程度才能使人在电车轨道上睡过去，我一时很难判断。是程度问题呢？还是质的问题呢？抑或方向性问题呢？

“就是说，就算有时喝得大醉，一般也不至于烂醉如泥啰？”我问。

“我是那样理解的。”女子回答。

“恕我冒昧，多大年龄？”

“是问我多大年龄么？”

“是的，”我说，“当然，如果不愿意回答的话，不回答也无妨。”

1 日本东京都经营（公有）的电车。

女子手碰鼻子，用食指摩挲一下鼻梁。挺拔的漂亮鼻子。没准在不很久远的过去做过鼻子整形手术。我曾和一个同样有此嗜好的女子交往过一段时间。她也做了鼻子整形手术，思考什么的时候同样常用食指摩挲鼻梁，仿佛在确认新鼻子是否还好端端地位于那里。因此，每当瞧见这一动作，我就陷入轻度 déjà-vu[1]之中。oral sex[2]也与此有很大关联。

“没什么必要隐瞒，”女子说，“三十五岁了。”

“您公公去世时多大年纪呢？”

“六十八岁。”

“您公公是从事什么的？工作？”

“僧侣。”

“僧侣……是佛教的和尚吗？”

“是的，佛教僧侣，净土宗。在丰岛区当寺院住持。”

“那怕是打击不小吧？”我问。

“指公公大醉被有轨电车压死？”

“是的。”

“当然是打击，尤其对丈夫。”女子说。

我用铅笔在便笺上写道：“68 岁，僧侣，净土宗。”

1　法语，没见过的场景、事物仿佛见过的错觉，既视感。
2　口交。

女子坐在双人座沙发一端。我坐在写字台前转椅上。我们之间有两米左右距离。她穿一套棱角甚是分明的艾蒿色套裙，丝袜包裹的双腿优美动人，黑色高跟鞋也十分协调，后跟尖得俨然致命凶器。

“那么——，”我说，“您的委托是关于您丈夫的已故父亲啰？”

“不，那不是的。”说着，女子像再度确认否定形似的轻轻而坚定地摇头，“关于我丈夫的。”

“您丈夫也是和尚？”

“不，丈夫在美林证券（Merrill Lynch）工作。”

“证券公司？”

“正是。”女子回答，声音略带几分焦躁，仿佛说哪里会有不是证券公司的美林证券呢。“就是所谓交易员。”

我确认铅笔尖的磨损情况，一言不发，等待下文。

“丈夫是独生子，但较之佛教，他对证券交易更具有强烈的兴趣，所以没有接替父亲当住持。”

理所当然吧——她以似乎是询问我的目光看着我。但我对佛教和证券交易都没有多大兴趣，没有陈述感想，仅仅在脸上浮现出中立的表情，表示自己正听着呢。

“公公去世后，婆婆搬到我们居住的品川区的一座公寓，住在同一座公寓的不同单元。我们夫妇住 26 楼，婆婆住 24 楼，一个人生活。以前和公公两人住在寺院里，因总寺院另派一位住持来接替，她就搬到了这边。婆婆现在六十三岁。顺便说一句，丈夫四十岁。如果平安无事，下个月四十一岁。”

婆婆，24 楼，63 岁，美林证券，26 楼，品川区——我在便笺上写道。女子耐住性子等我写完这许多。

“公公死后，婆婆像是得了焦虑症，下雨时症状更厉害。大概因为公公是雨夜去世的关系吧，这方面不太清楚。”

我轻轻点头。

“症状厉害时，脑袋里就好像什么地方螺丝松动了，于是打电话过来。电话一来，我或丈夫就下两层楼到婆婆家里照料。说安抚也好，说劝服也好……丈夫在就丈夫去，丈夫不在就我去。”

她停下等我的反应。我默然。

“婆婆不是坏人，我绝不是对婆婆的为人持否定性意见，只是说她神经过敏，年深日久习惯了依赖一个人。这类情况您大致可以理解吧？”

“我想可以理解。”我说。

她迅速改变架腿姿势，等待我把什么记在便笺上，但这次我什么也没记。

“电话打来时是星期日上午十点。那天雨也下得相当大，就是上一个、上上一个星期日。今天是星期三，呃——，距今有十来天了。”

我瞥一眼台历："是九月三日那个星期日吧？"

"是的，记得是三号。那天上午十点婆婆打来电话。"说着，女子回想似的闭起眼睛。若是阿尔弗雷德·希区柯克的电影，正是镜头一晃开始回忆场面的时候。但这不是电影，当然没有回忆场面开始。片刻，她睁开眼睛，接着说下去："丈夫接起电话。那天原定去打高尔夫球，但天没亮就下雨了，没去成，在家待着。假如那天是晴天，应该不至于招致这种事态——当然一切都是就结果而言。"

我在便笺记下：9/3，高尔夫，雨，在家，母亲→电话。

"婆婆对丈夫说喘不过气，头晕，在椅子上站都站不起来。于是丈夫胡子都没刮，只换了衣服就赶去隔一层楼的母亲房间。估计花不多少时间，临出房间时还告诉我准备早餐来着。"

"您丈夫是怎样一身打扮？"我这样问道。

她再次轻摇一下鼻子："半袖 Polo 衫，休闲裤。Polo 衫是深灰色，裤子是奶白色。两件好像都是通过 J. Crew 邮购的。丈夫近视，总戴着眼镜，金边阿玛尼的。鞋是新百伦（New Balance）。没穿袜子。"

我把这信息详细记在便笺上。

"身高和体重您想知道么？"

"知道了有帮助。"我说。

"身高一米七三，体重七十二公斤左右。婚前只有六十二公斤的，十年之间多少加了些脂肪。”

这个我也记下了，而后确认铅笔尖度，换了一支新的，并让手指适应新铅笔。

“接着说可以么？”女子问。

“请，请继续。”我说。

女子换条腿架起来说：“电话打来的时候，我正准备烙薄饼——星期日早上总做薄饼。不去打高尔夫的星期日总是吃满满一肚子薄饼。丈夫喜欢薄饼，还要加上烤得‘咔嚓咔嚓’硬的培根。”

我心想难怪体重增加了十公斤，当然没说出口。

“二十五分钟后丈夫打来电话，说母亲状态已大体稳定，这就上楼梯回去，赶快准备早餐，马上吃，肚子饿了。听他这么一说，我当即给平底锅加温，开始烙薄饼。培根也煎了，枫树蜜也热了。薄饼这东西绝对不是做工复杂的品种，关键取决于顺序和火候。可是左等右等丈夫硬是不回来。眼看着薄饼在盘子里变凉变硬，于是我往婆婆那里打电话，问丈夫是不是还在那里，婆婆说早就走了。”

她看我的脸，我默默等待下文。女子用手把裙子膝部呈形而上形状的虚构性垃圾拍掉。

“丈夫就此消失了，像烟一样。自那以来杳无音信。在连接 24 楼和 26 楼的楼梯中间，从我们面前消失了，无影无踪。”

“当然向警察报警了？”

“当然。”说着，女子略微放松了嘴唇，“因为下午一点都没返回，所以给警察打了电话。不过说实话，警察也没怎么认真搜查。附近派出所的警察倒是来了，得知没有暴力犯罪迹象，顿时没了兴致，说如果等两三天丈夫还没回来，就去署里申请找人。看样子警察认为丈夫大概心血来潮一晃儿去了哪里，比如活得不耐烦啦，想躲到另一个地方去啦，等等。可您想想看，那根本讲不通的。丈夫没带钱夹没带驾驶证没带信用卡没带手表，完全空着两只手去母亲那里的，连胡子都没刮。何况打电话说这就回去，让我赶快煎薄饼来着。就要离家出走的人不可能打那样的电话，不是么？”

“完全正确。”我表示同意，“不过去 24 楼时，您丈夫总是利用楼梯吗？”

“丈夫概不使用电梯，讨厌电梯那东西，说关在那么狭小的地方受不了。”

“那么住所何苦选在 26 层之高的高楼层呢？”

“啊，26 楼丈夫也常爬楼梯，好像上下楼梯不怎么费劲。腿脚因此变得结实，对减肥也有好处。不用说，往返相应花费时间。”

薄饼，十公斤，楼梯，电梯——我在便笺上写道。我在脑海中推出刚刚煎好的薄饼和爬楼梯男子的形象。

女子说：“我们的情况大致就是那样。您能接受吗？”

无需一一考虑，此案正合我意。我装出大致确认日程表并调整什么的样子。倘若求之不得似的一口答应下来，对方难免心中生疑，以为里面有什么名堂。

“今天傍晚之前正好有空闲时间，”说着，我看了一眼手表：11时35分。“如果方便的话，把我领去府上可以么？我想亲眼看看您丈夫最后置身的现场。”

“当然可以。”女子说。随后轻轻皱起眉头：“那么说您是接受了？”

“准备接受。”

“只是，我想我们还没谈费用……”

“无需费用。”

“您说什么？”女子盯住我的脸。

“就是说免费。”我淡淡一笑。

“可这是您的职业对吧？”

“不，不然。这不是我的职业，仅仅是我的志愿服务，所以用不着费用。”

“志愿服务？”

“正是。”

“可不管怎样，必要的经费之类……”

“必要的经费概不领取。既然纯属志愿服务，那么就不会发生金钱授受关系，无论以怎样的形式。”

女子仍是一脸难以置信的神色。

我解释说：“幸运的是，我在另一方面的收入足以维持生活。获取金钱不是我的目的。我从个人角度对寻找失踪之人怀有兴趣。”准确说来，是指以某种方式失踪的人。但这个说起来将使事情变得麻烦。“而且，我多多少少有此能力。”

“可有类似宗教背景那样的情况？或者 New Age[1] 什么的？”女子问。

“不不，同宗教和 New Age 都毫无关系。”

女子瞥了一眼自己脚上高跟鞋尖尖的后跟。如果发生什么离谱的事，说不定打算拿在手上朝我甩来。

“丈夫常说免费的东西绝不可相信。”女子说，“这样的说法或许失礼，总之他的意思是说十之八九都有看不见的圈套，不会有好结果。”

“一般说来确如您丈夫所说。”我接口道，“在这高度发达的资本主义世界，免费的东西是不可轻易相信，一点不错。尽管如此，对我还是希望您予以相信。您不相信，事情就无从谈起。”

1 新时代运动。二十世纪八十年代美国（主要在西海岸）的半宗教运动，其信奉者热衷于各种迷信活动。

她拿起旁边放的路易威登钱夹，从中取出厚墩墩的信封，信封口封着。准确款额不清楚，但看上去颇有重量。

“出于慎重，钱我带来了，暂且作为调查费用……”

我固执地摇头：“金钱、礼品或者感谢行为我一概不接受，这是规则。一旦收取酬金和礼品，往下即将开始的行为就失去了意义。如果您有多余的钱，并且免费致使您心里不踏实，就请把钱捐给哪里的慈善团体，例如动物保护协会或交通事故遗孤育英基金，哪里都可以，假如这样能够多少减轻您精神负担的话。”

女子蹙起眉头，长叹一声，一言不发地将信封放回钱夹，再把恢复鼓胀和沉稳的路易威登放回原来位置，接下去又用手捅一下鼻梁，以注视狗——即使扔掉棍子也无动于衷的狗——的眼神注视我。

“你往下即将开始的行为。”她以不无干涩的语声说。

我点一下头，把磨秃的铅笔放回笔盘。

脚穿高跟鞋的女子把我领去连接公寓24楼和26楼的楼梯部分。她指一下自己住的单元的门（2609室），然后又指了指婆婆住的单元的门（2417室）。两层楼以宽大的楼梯相连，往来即使慢走也超不过五分钟。

“丈夫决定买这座公寓里的套房，也有楼梯宽敞明亮这个原因。大部分高层公寓楼梯部分都马马虎虎。一来宽楼梯占地方，二来住户几乎不用楼梯而用电梯，所以多数公寓建造商都在引人注目的地方下功夫，例如大厅使用豪华的大理石、设图书室等等。可是丈夫认为楼梯比什么都重要，说那好比建筑物的脊梁骨。”

确乎是有存在感的楼梯。24 楼与 26 楼之间的转角平台上放着三人沙发，墙上安着一面大镜子。有带垫子的烟灰缸，还有盆栽赏叶植物。从宽大的窗口可以看见晴朗的天空和几朵白云。窗是做死的，不能开。

“每层楼都有这样的空间吗？”我问了一句。

“不，每五层才有一处这样的休息场所，不是每层都有。”女子说，“您要看我们单元和婆婆单元的内部么？”

“不必，我想现在没那个必要。”

“丈夫这么一个招呼也不打就销声匿迹之后，婆婆的精神状况比以前更糟了。”说着，女子轻轻挥了挥手，“打击相当沉重。这也是不言而喻的事。”

“那自然。”我予以同意，“这次调查我想不至于给您婆婆增加负担。”

“能那样就太好了。另外也请瞒着左邻右舍，丈夫失踪的事我对谁都没提起。”

“明白了。”我说，“对了，太太您平时用这楼梯吗？”

“不用。”她像受到无故责难似的略略扬起眉梢，“我通常用电梯。和丈夫一起外出时，让丈夫先下楼梯，我乘电梯下去，在大厅碰头。回家时我先乘电梯上来，丈夫随后到。有高跟的鞋上下长楼梯，一来危险，二来对身体不好。”

“那怕是的。”

我请她向管理员打声招呼，说一段时间里有个人想独自做点调查——比如说在24楼和26楼之间的楼梯上走来走去的是保险公司方面做调查的人。倘若被人怀疑偷袭空巢而报告警察，作为我未免有点为难，因为我不具有可以称为立场的东西。她答应下来，随即攻击性地奏响高跟鞋声，上楼梯消失。她身影消失以后，鞋声仍然四下回荡，感觉就像是钉不吉利的布告的钉子。少顷那声音也消失了，沉默降临，剩我一人。

我在26楼和24楼之间的楼梯往返走了三次。起初用的是普通人的行走速度，后两次慢走，边走边仔细打量四周。我集中注意力，以免看漏哪怕再微小的东西，眼睛几乎不眨一下。所有事件都将留下标记，而发现其标记就算是我的一项工作。可是，楼梯打扫得实在认真，一个废弃物都没有，一道污痕、一个凹坑也找不到。烟灰缸里也没有烟头。

眼都几乎不眨地上下楼梯上下累了，我就坐在休息场地的沙发上。人造革沙发，很难说上档次，但能把这样的东西好好地放在基本无人使用（看上去）的楼梯转角平台，这件事本身恐怕就该受到赞扬才对。沙发正对面的大穿衣镜镜面擦得一尘不染，我打量一会儿自己映在那里的形体。没准那个星期日的早上失踪的交易员也在这里歇口气打量映在镜子里的自家形体来着，打量还没刮胡须的自己。

我固然刮了胡须，但头发过长，耳后那里有头发翘了起来，看上去未尝不像刚刚渡过河流的长毛猎犬。过两天得去一次理发店。另外裤子和袜子的颜色也欠协调，怎么也没找到颜色协调的袜子。即便接下来放在一起去洗，也不至于有谁为此责怪我。除此以外，看起来一如平素的我自己。年龄四十五岁，独身，无论对证券交易还是对佛教都不怀有兴趣。

如此说来，高更[1]也当过股票经纪人，我想。但他实在想画画，一天扔下妻子独自去了塔希提[2]。我猜想说不定……可问题是，纵然高更也没忘记钱夹。如果当时有美国运通卡，也不至于忘记带上，毕竟是去塔希提。更不会告诉妻子“这就回去赶快煎薄饼”之后消失

1　法国画家（1848—1903）。作品设色大胆，富于装饰性，为二十世纪绘画先驱性人物。代表作有《塔希提的女人》等。

2　南太平洋的岛屿，风景优美，有“南太平洋乐园”之称。

不见。即便同样是消失，其中也该有适当的顺序或体系那样的东西才是。

我从沙发上立起，这回一边考虑刚煎好的薄饼一边再次爬上楼梯。我尽量集中注意力，想像自己是个四十岁的证券公司的职员，此刻是星期日的清晨，外面下着大雨，即将回家吃薄饼。如此想像时间里，渐渐馋起薄饼来了。回想起来，早上起床后除了一个小苹果还什么都没进口。

我甚至想直接去“丹尼斯”（Denny's）吃个薄饼再说。我想起来了，开车来这里的路上看见路旁有一块“丹尼斯”招牌，距离可以从这里走着去。并不是说“丹尼斯”的薄饼有多么美味可口（奶油品质也好枫树蜜味道也好都不属于理想档次），但我觉得那也可以忍受。说实话，我也中意薄饼。口腔一点一点涌出口水。然而我用力摇头，将薄饼图像从脑袋里一扫而光。开窗吹走妄想之云。吃薄饼要往后推，我对自己说，那之前有事要做。

“问她一句就好了，”我自言自语，“问她丈夫有什么爱好没有。万一画过画也未可知。”

但我又修正了这一想法，因为喜欢画画喜欢到离家出走地步的男子，断不至于每星期日一大早就出去打什么高尔夫。能想像出脚穿高尔夫鞋的高更、凡·高和毕加索跪在十号球洞的绿地上专心琢磨草的朝向的样子吗？想像不出。她丈夫仅仅是消失了，因了 24 楼和 26 楼之间可能发生的全然始料未及的情况（因为当时他优先的安排是食用薄饼）。以这一假定为前提推进好了。

我再次弓身坐在沙发上，看表：1 时 32 分。我闭目合眼，将意识的焦点对准脑袋里的特定场所。什么也不再想，百分之百把自己托付给时间的流沙，一动不动，任凭流沙把自己带去哪里。之后睁开眼睛看表，表针指在 1 时 57 分。25 分消失去了哪里。不坏！无谓的磨损。全然不坏。

我又一次看镜子，里面映出一如平日的我。我举起右手，像举起左手。我举起左手，像举起右手。我做出放下右手的样子而迅速放下左手，像做出放下左手的样子而迅速放下右手。概无问题。我从沙发上立起，沿楼梯向下走了二十五层，走到大厅。

自此以后，每天上午十一时左右我都来看这楼梯。和公寓管理员认识了（送给他一盒糕点），得以自由进出这座建筑物。连接 24 楼和 26 楼的楼梯往返走了不下二百次。走累了，就在转角平台的沙发上休息，从窗口观望天空，审视映在镜子里的自己。去理发店剪短了头发，衣服集中洗了，转而穿颜色同裤子协调的袜子。这样，被什么人戳脊梁骨的可能性应该略有减少。

不管搜寻得多么仔细，标记模样的东西也一个都没发现，可是我仍然没怎么灰心丧气。寻找关键性标记同饲养脾气不好的动物大同小异，事情没那么简单。耐性与细心——这是从事此项作业最宝贵的资质。当然还有直觉。

每天从那里通过的时间里，我得知利用楼梯之人的存在。虽为数不多，但似乎有几个人日常性地通过楼梯转角平台，或者至少加以利用。根据是沙发腿下落有糖果纸，烟灰缸里剩有“万宝路”烟头，还有看过的报纸留下。

星期日下午同一个上楼梯的男子擦肩而过。年过三十、长相拘板的小个头男子，身穿绿色运动衣，脚穿亚瑟士（ASICS）鞋，戴一块蛮大的卡西欧手表。

“您好！”我招呼道，“说句话可以么？”

“可以呀！”说着，男子按下手表按钮，长长地呼了几口气，带有耐克标志的针织运动衣的胸口部分有汗水渗出。

“您经常在这楼梯上上下下吗？”我问。

“跑步上楼，跑到32楼。但下楼使用电梯。跑步下楼有危险的。”

“天天如此？”

“不是的，上班很难有时间。周末集中往返几次，平时下班早的时候也跑一跑。”

“住在这座公寓里？”

“自然。”跑步者说，“住在 17 楼。”

“26 楼住的胡桃泽先生，您可晓得他？”

“胡桃泽先生？”

“戴一副阿玛尼眼镜、搞证券交易、经常在这楼梯上上下下的。身高一米七三，年龄四十岁。”

跑步者略一沉吟后想了起来：“啊，原来是那个人，晓得晓得。说过一次话。跑步当中时不时擦肩而过，有时也坐在沙发上。讨厌电梯，只用楼梯，对吧？”

“对，是他。”我说，“不过，日常用这楼梯之人，除了胡桃泽先生还有几位的吧？”

“嗯，有的。”他说，“倒不是很多，但的确有类似爬楼常客那样的人。有人不喜欢乘电梯。另外，除了我还有两三个常常跑步上楼的。因为这附近没有合适的跑步路线，只好代之以上下楼梯。跑固然不跑，但也有几位为保持健康而选择楼梯。这里的楼梯宽敞明亮又整洁，同其他高层公寓相比，好像比较好用。”

“那些人的名字，估计您不会晓得的吧？”

“不晓得。”跑步者说，“长相大致记得，迎面碰上时互相寒暄一声，但名字和住哪个单元不晓得，毕竟是大城市里的公寓。”

“明白了，多谢多谢！”我说，“拦您停下，很抱歉。加油跑吧！”

男子按下手表的停止钮，继续跑步上楼。

星期二我正在沙发上坐着，一位老人从楼上下来。白发，戴眼镜，七十五六岁光景。白衬衫，灰色西裤，拖鞋。衣着整洁，一道皱纹也没有。个头高，姿态也好。看上去像是退休没多久的小学校长。

“您好！”他说。

“您好！”我应道。

“在这里吸烟可以么？”

“请、请，尽管吸。”我回答。

他在我旁边弓腰坐下，从裤袋里掏出“七星”，用火柴点上，熄掉火柴，投进烟灰缸。

“住26楼。”他缓缓吐出一口烟说，“和儿子夫妇同住，两人说吸烟会把房间熏出味来，所以想吸烟就来这里。您吸烟么？”

我说戒烟十二年了。

“我戒掉也可以的。反正一天才吸几支，想戒什么时候戒都不费事。”老人说，“只是，外出买烟啦、特意出门来这里吸一支啦——由于有这类琐事发生，每天每日得以顺利滑过。还能运动运动身体，避免想多余的事。”

“就是说是为了健康而继续吸烟啰？”

“正是正是。”老人神情很认真。

“您说住在 26 楼？”

“是的。”

“那么您可认识住在 2609 的胡桃泽先生？”

“嗯，认识，戴眼镜的那位吧？是在‘所罗门兄弟’（Salomon Brothers）工作？”

“美林证券。”我纠正道。

“对，是美林证券。”老人说，“在这里说过几次话。那位先生也时不时坐这沙发。”

“胡桃泽先生在这沙发上做什么呢？”

“这——，我不晓得。大概只是愣愣地发呆吧。好像不吸烟的。”

“就是说像思考什么似的？”

“不大清楚那方面的差异。发呆——思考。我们日常性地思考东西。我们绝不是为了思考而活着，却又似乎同样不是为活着而思考的。这么说好像和帕斯卡[1]的学说相反，说不定我们有时倒是为了不让自己活着而思考的。发呆——未尝不可以说是下意识地驱使那种反作用。总之问题很难。”如此说罢，老人深深吸一口烟。

1　法国数学家、物理学家、哲学家（1623—1662）。主要著作有《思想录》。他认为人是“会思考的芦苇”。

我试着询问："胡桃泽先生没说过什么吗，比如工作压力大啦家里发生矛盾啦……"

老人摇一下头，把烟灰磕落在烟灰缸里。"如您所知，大凡水都流经所给的最短距离。但在某种情况下，最短距离是水本身所造成的。人的思考同水的这一功能相类似，我总是怀有这样的印象。可是，我必须回答您的问话。我同胡桃泽先生从未谈过那么深入的内容，只是不咸不淡闲聊罢了，天气啦公寓守则啦，不外乎这些。"

"明白了。耽误您时间了。"我说。

"有时候我们并不需要语言。"老人好像没听到我的话，"而与此同时，无须说，语言则常常需要我们这个中介。没有我们，语言就不具有存在的意义——不是这样吗——从而成为永远没有发声机会的语言，而没有发声机会的语言早已不成其为语言。"

"的确如您所说。"我说道。

"这是不知思考了多少次的有价值的命题。"

"就像参禅课题。"

"正是。"老人点头。

吸完一支烟，老人起身，走回房间。

"祝您愉快！"他说。

"再见！"我说。

星期五下午两点过后，我上到 25 楼和 26 楼之间的楼梯转角平台，见沙发上坐着一个小女孩儿，一边看着映在镜子里的自己一边唱歌。刚上小学的年龄。粉色 T 恤，牛仔短裤，背一个绿色小背包，帽子放在膝上。

“你好！”我说。

“你好！”女孩儿停止唱歌。

本来我很想在她身旁坐下，但又不愿意有人路过时怀疑自己不地道，便靠在窗边的墙上，保持距离和她交谈。

“放学了？”我试着问。

“懒得说学校的事。”女孩儿一副不容商量的口气。

“那就不说学校的事。”我说，“你住这座公寓？”

“住。”女孩儿回答，“27 楼。”

“常在这楼梯走上走下的？”

“电梯臭。”女孩儿说。

“电梯臭，一直走到 27 楼？”

女孩儿对着映在镜子里的自己大大地点头：“不是经常，有时候。”

“腿不累？”

女孩儿没有回答我的提问。“嗳，叔叔，这座公寓楼梯的镜子里边，这儿的镜子照人照得最好看，而且和我家里的照人完全不一样。”

“怎么不一样？”

“自己照照看！”女孩儿说。

我跨前一步，面对镜子，注视一会儿里面的自己。给女孩儿这么一说，觉得映在镜子里的自己同平时在别的镜子里见到的自己是有点儿不一样。镜子彼侧的自己比此侧的自己看上去多少胖些，还有点儿乐呵呵的。打个比方，简直就像刚吃过满满一肚子热乎乎的薄饼。

“叔叔，你养狗的？”

“哪里，狗没养。热带鱼倒是养的。”

“嗬！”女孩应道。不过好像对热带鱼没多大兴致。

“喜欢狗？”我问。

她没有回答，另外问：“叔叔，没有小孩儿？”

“没有小孩儿。”我回答。

女孩儿以充满怀疑的眼光看我的脸：“我妈妈说不能和没有小孩儿的男人说话，说那种男人当中绝对有很多是莫名其妙的。”

“那倒不一定。不过，的确最好提防陌生男人，你母亲说得对。”

“可叔叔你怕不是莫名其妙的人吧？”

“我想不是。”

“不至于突然亮小鸡鸡出来？”

“不亮。”

“也不搜集小女孩儿的内裤什么的？”

“不搜集。”

“可有搜集的东西？”

我想了想。现代诗的初始版本倒是搜集的，但这种事恐怕还是不在这里说为好。“没有特别想搜集的东西啊。你呢？”

她也就此想了一会儿，然后摇几下头：“我想我也没有特别想搜集的东西。”

接下去我们沉默了一阵子。

“嗳，叔叔，‘美仕唐纳滋’（Mister Donut）里边什么最喜欢？”

“欧菲香（Old Fashion）。”我脱口而出。

“那不知道，”女孩儿说，“好怪的名字。我喜欢的是‘圆圆的月亮’，还有‘泡沫奶油兔’。”

“两个都没听说过。”

“里面有果冻馅的家伙，好吃着哩！妈妈却说光吃甜的脑袋不好使，不常给我买。”

“好像好吃。”我说。

“嗳，叔叔，你在这里干什么呢？昨天也好像在这里了，一闪瞧见的。”女孩儿问。

“在这里找东西。”

“什么东西？”

“不知道。”我实话实说，“大概像门那样的东西。”

“门？”女孩儿问，“什么门？门也有好多形状和颜色的。”

我开始沉思。什么形状和颜色？那么说来，以前还从没考虑过门的形状和颜色。不可思议。“不知道啊。到底什么形状和颜色呢？说不定也不是门。”

“没准像雨伞似的？”

“雨伞？”我接口道，“是啊，不准是雨伞的理由也好像没有，我觉得。”

“雨伞和门，无论形状、颜色还是作用都相差好多啊！”

“相差，的确。不过只要看上一眼，当场就会看明白的：噢，对了，这就是正找的东西。雨伞也好，门也好，甜甜圈也好，都无所谓。”

“嗬，”女孩儿应道，“很长时间一直找那个？”

“找了很久，从你出生前就开始找了。”

“原来是这样。”说着，女孩儿看了好一会儿自己的手心，思考着什么。“我也帮忙好了，帮你找那个。”

“若肯帮忙真叫人高兴。”我说。

“门也好，雨伞也好，甜甜圈也好，大象也好，反正只要找到莫名其妙的东西就可以的吧？”

“是那么回事。”我说，“不过见到了马上就能知道找对了没有。”

“有意思！”女孩儿说，“可今天这就得回去了，往下要练芭蕾舞。”

“那好，”我说，“跟我说了这么多，谢谢！”

“嗳，叔叔你喜欢的甜甜圈名字，能再说一遍？”

“老式。”

女孩儿现出困惑的神情，在口中低声反复说了几次“老式”。

“再见！”女孩儿说。

“再见！”我说。

女孩儿站起，唱着歌跑上楼梯，消失了。我闭起眼睛，再次把身体交给时间的流沙，让时间白白消耗掉。

星期六，委托人打来电话。

“丈夫找到了。”她劈头一句，没有寒暄话没有开场白。

“找到了？”我反问。

“嗯，昨天中午警察来了电话，说在仙台站候车室长椅上躺着的时候被监护起来了。身无分文，证件之类也没带，但姓名、住所和电话号码渐渐想起来了。我立即赶去仙台。分明是我的丈夫。”

“怎么是在仙台？”

“他自己也不清楚，说意识到时就躺在仙台站长椅上了，被站务员摇醒的。至于身无分文怎么去的仙台，二十天时间里在哪里做了什么，怎么吃的东西，都记不起来了。”

“什么衣着？”

“衣着和离开家时一样。长了二十天长度的胡须，体重减了十来公斤。眼镜好像在哪里弄没了。我现在是从仙台一家医院打电话过来。丈夫在这里接受医学检查，CT 扫描啦、X 光透视啦、精神鉴定啦。不过眼下头脑功能已经恢复，身体也好像没有问题，单单记忆消失罢了。离开母亲房间和上楼梯之前记得，往下的记忆就没有了。但不管怎样，我想明天可以一起返回东京。”

“那就好！”

“劳您调查到现在，深表感谢。可是看这情形，往下好像没必要再劳驾了。”

“看来是的。”我说。

“所有的一切全都乱糟糟的，费解之处为数多多，但丈夫总之是好端端地回来了。不用说，这对于我是再要紧不过的事。”

“当然。千真万确。”我说，“那比什么都重要。”

“所以，酬金还是想请您收下，收下可以吗？”

“第一次见面时我就说了，酬金之类概不接受。所以，关于这点，请别放在心上。您的心意我自是感谢。”

沉默。该说明的事已大致说明完毕——便是这么一种意味的凉丝丝的沉默。我也不自量力地加重沉默，领略了片刻这凉丝丝的意味。

“那么，请多保重！”少顷，她挂断电话。话中带有未尝不可以说是同情的余韵。

我也放下听筒，随后一边把新铅笔挟在指间旋转，一边盯视着雪白的便笺。雪白的便笺使我想起刚从洗衣店返回的新床单，新床单使我想起在那上面舒舒服服午睡的性格温顺的三毛猫。躺在新床单上面午睡的性格温顺的三毛猫图像使我的心情多少平静下来。之后，我梳理记忆，把她所说的用工整的字迹一一记在雪白的便笺上：仙台站，星期五中午，电话，体重减十公斤，同样衣着，眼镜丢失，二十天时间记忆的消失。

二十天时间记忆的消失。

我把铅笔放在写字台上，在椅子上把身体大大向后仰去，仰望天花板。天花板斑斑驳驳地沾有不规则的图形。眯缝眼睛细看，未尝不像天体图。我一面仰视虚构的星空，一面思忖为了健康或许该重新吸烟才对。脑袋里仍微微回响着上下楼梯的高跟鞋声。

“胡桃泽先生”和我对着天花板一端出声地诉说：“欢迎回归现实世界，回到被患有焦虑性神经症的母亲、脚穿冰锥一般的高跟鞋的太太和美林证券包围的美丽三角形世界中来！”

我大概又要在另一个场所寻找门、雨伞、甜甜圈或大象等形状的东西，在所有可能找见的场所。

天天移动的肾形石

淳平十六岁时，父亲说过这样的话。虽是骨肉父子，但一来关系并未融洽得可以促膝交谈，二来父亲就人生发表哲学（想必，大概）见解是极为稀罕的事，以致当时的交谈作为鲜明的记忆存留下来了。至于因怎样的情由说到那上面的，却是全然想不起来了。

“男人一生遇上的人当中，真正有意义的女人只有三个。既不多于三个，又不少于三个。”父亲说。不，堪称断定。父亲以轻淡而果断的语气这样说道，就像在说地球用一年时间绕太阳一周。淳平默默听着——也是因为这突如其来的话语让他感到吃惊，至少想不出当时应表达的意见。

“所以，即使你日后同多种多样的女人相识和交往，”父亲继续道，“如果弄错了对象，那也是徒劳无益的行为。这点最好记在心里。”

后来，几个疑问浮上年轻儿子的脑海：父亲已然邂逅了三个女人不成？母亲可是其中一个？若是，同另两个之间到底发生了什么？但这样的疑问不可能问父亲。如开头所说，两人的关系并非亲密到可以畅所欲言。

十八岁离开家，进入东京一所大学，自那以来同几个女性相识和交往，其中一个对于淳平是“真正有意义”的，对此他深信不疑，即使现在亦然。然而，她在淳平以具体形式表明心曲之前（他要比别人多花时间才能将什么变成具体形式，天性如此），已经同他最要好的朋友结了婚，如今已当了母亲。因此，基本上应该把她从人生选项中剔除，必须横下心将这一存在从头脑中驱除出去。结果，剩给他人生的“真正有意义”的女性的数目——如果原封不动地接受父亲的说法的话——就成了两个。

淳平每次同新认识的女性交往时都要自问：这个女人对于自己是真正有意义的对象吗？而这一提问总是唤起一个苦恼，具体说来，就是他在期待（又哪里会有不如此期待的人呢？）所遇对象是“真正有意义”的女性的同时，又害怕将数目有限的卡片在人生较早阶段彻底用光。由于与最初遇上的宝贵女性失之交臂，淳平不再对自己的能力——将爱情适时适当地具体化这一具有重要意义的能力——怀有自信了。归根结底，或许自己是把很多无聊的东西搞到了手，却一再错过了人生中最贵重的东西，他经常这样想道，于是自己的心每每沉入缺少光明和温暖的场所。

因此，他同新认识的女性交往几个月后，一旦发现对方人品和言行有不如意或触动自己神经的地方——哪怕仅仅一处、哪怕微乎其微——他心田的一隅都会多少宽松下来。这样，同多位女性持续保持不即不离的关系就成了他的一个固定人生模式：打探情况似的交往一段时间，抵达某个地点后即自行解除关系，分手时基本上没发生争执没留下积怨，或者不如说从一开始起他就避免同不大可能平稳解除关系的对象过多接触。如此一来二去，淳平就有了一种选择合适女性的嗅觉。

至于这种能力是先天性格所派生的还是后天形成的，他本身也无从判断。不过，如果是后天的，那么说是父亲的诅咒所致也未尝不可。大学快毕业时，他同父亲大吵了一场，自此断绝一切往来，唯独父亲提出的“三个女人”之说，在未得到根据充分的解释的前提下，成为一种强迫观念紧紧伴随着他的人生。有时他甚至半开玩笑地想，或者自己该朝同性恋发展，这样就有可能从那莫名其妙的倒计数中逃脱出来。然而不知是幸与不幸，淳平只对女性怀有性的兴趣。

那天结识的女性事后才知道比他年龄大，三十六岁。淳平三十一岁。一个熟人在惠比寿通往代官山的路旁开了一家法国风味餐馆，他是应邀去参加开业宴会的。他身穿派瑞·艾力斯（Perry Ellis）深蓝色丝绸衬衣，外面套一件色调相同的夏令休闲西装。由于说好在那里碰头的好友突然来不成了，总的来说他时间多了出来。他独自坐在候客吧台的凳子上，用大号杯慢慢喝着波尔多葡萄酒。当他开始用眼睛寻找餐馆老板的身影以便打招呼告辞时，一个高个子女性手拿一杯不知名称的紫色鸡尾酒朝他走来，给人的第一印象是姿态十分优美。

“在那边听说您是小说家，真的？”她把臂肘支在吧台上，这样问道。

“大体上像是那么回事。”他回答。

“大体上是小说家？”

淳平点头。

“出了几本书？”

“短篇集两本，译作一本。都不畅销。”

她再次打量淳平的外观，还算满意似的笑笑：“不管怎样，遇到真正的小说家是生来第一次。”

“请关照。”

“请关照。”她也同样说道。

“不过，遇上小说家也没多大意思的。”淳平辩解似的说，“因为没有什么特殊技能。钢琴手可以弹钢琴，画家可以来一张素描，魔术师可以表演简单的魔术……可小说家大致可以说一无所能。”

“但是，不至于不会让人欣赏到——喏——某种艺术光环那样的东西吧？”

“艺术光环？”淳平问。

“就是普通人求之不得的闪闪发光的……”

“每天早上刮须的时候都端详镜子里的自己，可一次也没发现那玩意儿。”

她温馨地一笑：“写哪个种类的小说？”

“常被人这么问，但说明种类有些难度，因为不能纳入特定的类别……”

她用手指抚摸着鸡尾酒杯的杯口：“那么就是说，似乎是所谓纯文学那样的东西了？”

“或许。其中可以让人感觉出‘连环信’（chain letter）[1]那样的味道。”

她再次笑道：“对了，我有可能听到过您的名字吗？”

“您看文学杂志？”

她轻微然而果断地摇头。

“那么，我想不会。因为在世间完全是无名鼠辈。”淳平说。

“入选过芥川奖提名吗？”

“五年间四回。”

1　一种邮寄“游戏”。一人将信发给多人，每个收信人再将同样内容的信发给更多的人，如此无限制地复制和邮寄信件。据说这样做的人将得到幸福，反之将遭遇不幸。

“但没得到？”

他只是微笑不语。她也没有征得同意，径自在他旁边的凳子坐下，啜了一口杯里剩的鸡尾酒。

“那有什么。奖那玩意儿说到底不就是圈内人的运作么！”她说。

“实际得到之人如果这么明确说的话，恐怕还有说服力。”

她报出了自己的姓名；贵理惠。

“有点像弥撒曲的一节。”淳平说。

看上去，她个头好像比淳平高出两三厘米，头发剪得很短，肤色晒得甚是完美，头形无可挑剔。穿一件浅绿色麻质外套，一条及膝长的喇叭裙。外套袖子挽到臂肘，里面是式样简洁的棉布衫，领口别一个绿松石色胸针，胸部不大也不小。衣着潇洒得体，同时又贯以鲜明的个人方针。嘴唇丰满，每当说完什么就一松一收的。因此，大凡有关她的东西看起来都奇异地栩栩如生、清新亮丽。宽额头，想事的时候横向聚起三条皱纹，想毕皱纹倏一下子消失。

淳平发觉自己被她吸引住了。她身上有什么东西漫然而又执拗地撩拨着他的心。得到肾上腺素的心脏奏出低音，像在悄悄输送信号。淳平突然感到口渴，向从身旁经过的男服务生要了法国矿泉水。这个女人对自己是有意义的对象吗？他一如往常地思考起来。莫非是所剩两人中的一人？第二个好球？该放过还是该击打呢？

“从小想当作家？”贵理惠问。

“是啊。或者不如说没想过当其他什么，想不出别的选项。”

“总之梦想成真啰？”

“怎么说好呢，我是想成为优秀作家的，”淳平摊开双手，比划出三十厘米左右的空间，“但到那里有相当长的距离。”

“任何人都有出发点。来日方长对吧？不可能刚开始就得到完美的东西。”她说，“你今年多大？”

于是两人互报了年龄。看样子她对自己年长这点丝毫不以为意。淳平也不介意。总的说来，较之年轻姑娘，他更喜欢成熟女性，而且多数情况下，分手的时候对方年长也更好办些。

“做什么工作？”淳平问。

贵理惠嘴唇闭成一条线，这才现出认真的神情：“那么，我像是做什么工作的？”

淳平摇晃酒杯，让红葡萄酒转了一圈。“提示呢？”

“无提示。怕是很难吧？不过，观察、判断是你的工作对吧？”

“那不对。观察、观察、再观察，判断尽可能推后——这才是小说家的正确做法。”

“言之有理。”她说，“那，观察、观察、再观察，再进行想像——

这同你的职业伦理不相抵触吧？”

淳平扬起脸，重新细细观察对方的脸，力图读取上面浮现的秘密信号。她直直地凝视淳平的眼睛，他也直直地凝视对方的眼睛。

“不过是没有根据的想像罢了——怕是从事某种专业性工作吧？”稍后他这样说道，“就是说，并非任何人都能胜任的、需要特殊技能的工作。”

“一语中的啊！的确并非任何人都能胜任的，一如所言。不过，再具体限定一下可好？”

“音乐方面？”

“NO。”

“服装设计？”

“NO。”

“网球选手？”

“NO。”

淳平摇头：“晒得相当可观，体形又紧绷绷的，胳膊上有肌肉，应该常做野外运动才是。但不像是从事室外劳动的，感觉上。”

贵理惠挽起外套袖，把裸露的双臂放在吧台上，翻来覆去地检查。

“进展绝对理想。”

“但不能提供正确答案。”

“保有小小的秘密是很重要的。”贵理惠说，“我不想剥夺你观察想像这一职业快乐……不过么，给你个提示：我也和你一样。”

“就是说，我是把很久很久以前、从小就想干的事情作为职业的，就像你那样。到达这一步的路程倒是绝不平坦。”

“那就好！”淳平说，“这点极为重要。职业这东西应该是爱的行为，而不像是权宜性的婚姻。”

“爱的行为。”贵理惠心悦诚服，“好精妙的比喻啊！”

“对了，我想我听到过你的名字，嗯？”淳平试探道。

她摇头道：“我想不可能。在社会上又不怎么出名。”

“任何人都有出发点。”

“完全正确。”贵理惠笑了，随后严肃起来，“不过我的情况和你不同，客观上一开始就需要完美，不允许失败。完美，或者零，没有中间。也没有返工。”

“这也是个提示。”

“或许。”

男服务生擎着香槟托盘转来，她拿起两杯，递给淳平一杯，提议干杯。

“为了共同的专业性职业。”淳平说。

随即两人碰了碰杯口，杯口发出清脆的、含有秘密韵味的声响。

“你可结婚了？”

淳平摇头。

“彼此彼此。”贵理惠说。

那天夜里，她在淳平房间住下了。喝罢餐馆给的礼品葡萄酒，做爱，睡了。翌日十点多淳平醒过来时，她已不见了，只有旁边枕头上的一个凹窝呈残缺记忆的形状遗留下来，枕边留了一个纸条：“有工作要做，走了。若有那个意思，请联系。”上面有手机号码。

他用那个号码打去电话，两人在星期六晚间幽会。在餐馆吃饭，喝少量葡萄酒，在淳平房间做爱，一起睡了。到了早上，她又像上次那样消失不见。虽是星期日，她也同样留下“有工作要做，消失了”这样简洁的字条。淳平仍然不清楚贵理惠做怎样的工作，但从事一大早就开始的工作这点则可以肯定，而且她——至少有时候——星期日也工作。

两人话题很多。贵理惠头脑聪明，善于表达，话题也多。比较说来，她更喜欢看小说以外的书——传记、历史、心理学，喜欢看那些为一般读者写的科学书籍，那些领域的知识渊博得令人吃惊。一次，淳平为她对预制装配式住宅的历史拥有那么精密的知识感到惊讶。预制装配式住宅？莫非你做同建筑有关的工作？NO，她回答。“无论什么，总之我对非常实际的事情感兴趣，如此而已。”她接着说道。

可是，她看了淳平出版的两本短篇小说集之后，说非常精彩，远比预想的有趣。

“其实我暗暗担心来着，”她说，“如果读了你的书觉得毫无意思，那可如何是好，那该怎么说呢？好在是多余的担心，看得非常愉快。”

“那就好。”淳平放下心来。在他按她的要求把自己的书递过去时，他也同样忐忑不安。

“不是奉承你，”贵理惠说，“我认为你具备特殊的素质，具备优秀作家所需要的什么。气氛虽然平静，但有几篇写得特别生动，文字也美，尤其平衡感非常好。说实话，无论对什么我都首先注意平衡，音乐也好，小说也好，绘画也好。碰上有欠平衡的作品和演奏——就是说碰上质量不大好的未完成的东西——感觉会变得很糟，就像晕船晕车似的。我不去听音乐会，几乎不看小说，估计就是因为这个。”

“讨厌碰上平衡感差的东西？”

“是的。”

“为了回避这种风险而不看小说不听音乐会？”

“正是。”

“在我听来见解相当偏颇。”

“天秤座嘛！对不平衡的事物无论如何也无法忍受。说无法忍受也好，或者……”她就此缄口，寻找贴切的词语，但未能找到，于是发出暂定性的叹息。“这且不说。依我的印象，你迟早会写出更长更宏大的小说，从而成为更有分量的作家，我觉得。这或许得多少花些时间。”

“我本来是短篇小说作家，长篇写不来。”淳平以干涩的语声说。

“就算那样。”她说。

淳平再未表示什么意见，只是默默倾听空调的风声。事实上，过去他曾向长篇小说挑战了几次，然而次次半途而废。无论如何也无法长时间保持写故事所需要的高度注意力。刚下笔时觉得似乎可以写出漂亮东西，行文生机勃勃，前景如在目前，情节自然喷涌，但随着故事的进展，那种气势和光芒开始一点点地失去，眼睁睁地看着它失去。水流越来越细，很快像蒸汽机车一样减速停下，最后彻底消失。

两人躺在床上。季节是秋天。长时间融洽的做爱结束后，两人都赤身裸体，贵理惠把肩缩到淳平怀中。床旁桌子上放两个白葡萄酒杯。

“跟你说，”贵理惠开口了。

“嗯？”

“你么，另有非常喜欢的女人吧？或者说是怎么也忘不掉的人。”

“有。”他承认，“看得出？”

“那还用说！”她说，“女人这东西，那方面格外敏感。”

“我倒认为并非所有女人都敏感。”

“我也没说所有女人。”

“也倒是。”

“可是不能和那个人交往？”

“有类似具体情由的东西。”

“情由消失的可能性完全没有？”

淳平短促地断然摇头：“没有。”

“相当深入的情由吗？”

“深不深入我不知道，反正情由就是情由。”

贵理惠呷了一口白葡萄酒。

“我没有那样的人。”她自言自语地说，“并且非常喜欢你。一颗心被强烈吸引，两人这么在一起，心情能变得十分幸福和踏实。不过没有和你成家的念头。怎么样，可放心了？”

淳平把手指插进她的头发。他没有回答贵理惠的问话，岔开问道：“那是为何？”

“你是问为何我没有和你成家的念头？”

“嗯。”

“介意？”

“多少。”

“和一个人结成日常性的深入关系，这在我做不到。不但和你，和谁都一样。”她说，“我打算把精力百分之百集中在自己现在做的事情上。如果和谁一起进入日常生活，或感情深深陷在对方身上，就有可能做不成了。所以，现在这样即可。”

淳平就此想了想说：“就是说不希望心被扰乱？”

“是的。”

“心被扰乱，就要失去平衡，可能给你的职业带来严重障碍。”

“一点不错。”

“为了回避这样的风险而不同任何人共同生活。”

她点一下头：“至少在从事眼下职业的期间。”

“不能告诉我那是怎样的职业？”

“猜猜看。”

“小偷。”

“NO。”贵理惠严肃回答，随后开心地绽开笑容，“倒是不同凡响的猜测，可小偷不早上出动。”

“Hitman[1]。”

“Hit person。”她纠正道，“总之 NO。怎么想起的都这么骇人听闻？”

“是法律允许范围内的工作？”

“当然，”她说，“完完全全在法律允许范围内进行。”

1 杀手、暴徒。Man 指男性，故下面对方纠正为泛指男女的 person。

“秘密搜查官？”

“NO。”她说，“此话今天到此打住。还是听你讲你的工作好了。能讲一下你现在正在写的小说？在写什么？”

“眼下在写短篇小说。”

“什么故事？”

“还没写完，中途休息。”

“如果可以，想听一下中途休息前的情节。”

听得她这么说，淳平沉默下来。他规定自己不把还没写完的小说内容讲给别人。这类似一种jinx[1]。话一旦出口，某种事物就会像晨露一样消失，微妙的含义就会变成单薄的舞台背景，秘密不再成为秘密。但是，在床上用手指梳理着贵理惠的短发，淳平觉得对她说出来也未尝不可，反正这几天也卡在什么上面寸步难行了。

“用第三人称写的，主人公是个女性，年龄三十四五。”他开始讲述，“一个技术不错的内科医生，在一家大医院工作。独身，和在同一医院工作的四十五六岁的外科医生保持秘密关系。对方已有家室。”

贵理惠想像那个人物。“她可有魅力？”

“我想有充分的魅力。”淳平说，“但不如你。”

贵理惠笑着吻在淳平脖子上：“这个么，是正确答案。”

1 不吉利的东西、带来不好运气的东西。原为魔术中的鸟名。

“需要正确答案的时候，自然还以正确答案。”

“尤其床上。”

“尤其床上。”他说，“她休假独自旅行，季节正是现在这个时候。住在山谷一家小型温泉旅馆，沿着山谷里的一条河悠然散步。她喜欢观察鸟，尤其喜欢观察翠鸟。在河滩散步时发现了一块奇妙的石头，黑里透红，滑溜溜的，形状似曾相识。她当即看出，原来是肾脏形状。毕竟是专家。大小、色调、厚薄都和真肾脏一模一样。”

“于是，她拾起肾脏石带回。”

“不错，”淳平说，“她把那石块带回医院自己的办公室，作镇尺使用。大小正适合压文件，重量也恰到好处。”

“气氛上也适合医院。”

“正确。”淳平说，“不料几天后，她发觉一个奇妙的现象。”

贵理惠默默等待下文。淳平为使听者着急而停顿有顷。不过并非有意为之，说实话，往下的情节尚未形成。故事就卡在这里动弹不得。他站在没有路标的十字路口，环顾四周，绞尽脑汁，考虑故事的进展。

“到了早上，那块肾脏石的位置移动了。下班前她把石块放在桌面上。她生性循规蹈矩，总是限定在同一位置，然而一天早上石块竟在转椅坐垫上。也有时在花瓶旁边，有时在地板上。她首先以为自己错了，继而怀疑自己的记忆系统出了什么毛病。因为门锁着，房间谁也进不来。当然门卫有钥匙，可门卫已工作很长时间，不至于擅自进入他人办公场所。况且，每晚侵入她的办公室，动一下作镇尺用的石块位置，又有何意思可言呢？房间里其他东西都没变，什么也没丢，什么也没动过，唯独石块位置变了，这使得她百思莫解。你怎么看？为什么石块在夜里改变位置了呢？”

“肾脏石具有自己的意志。”贵理惠淡淡地说。

“肾脏石到底能有什么意志呢？”

“肾脏石想摇晃她，想一点点花时间摇晃。那就是肾脏石的意志。”

“为什么肾脏石想摇晃她呢？”

“这——”她嗤嗤笑了，“石块想摇晃医生的意志。”

“不是跟你开玩笑。”淳平以不耐烦的语声说。

“那不是你来决定的么？毕竟你是小说家嘛！而我不是小说家，只是听者。”

淳平蹙起眉头。由于全速开动脑筋，太阳穴深处隐隐作痛。或者喝酒过量也未可知。“思绪清理不出来。我这个人，不面对桌子实际动手写成文章，情节就动不了。再等一等可以么？这么说的时间里，觉得好像可以写下去了。”

“可以可以。”说着，贵理惠伸手拿过白葡萄酒杯，喝了一口。“等着就是。不过这个看来非常有趣。肾脏石怎么样了呢——作为我很想知道结果。”她翻过身，把形状姣好的乳房贴在他的侧腹。“跟你说，淳平君，这世界上大凡一切都是有意志的。”她透露秘密似的低声说道。

淳平困意上来了，没办法应答。她出口的话语在夜间空气中失去了作为句子的形状，混杂在葡萄酒轻微的芳香中，悄然抵达他意识的深处。

“例如，风有意志。我们平时在生活中注意不到这点，但有时候我们不得不注意。风带着一种意图包拢你、摇晃你。风知晓你心里的一切。不仅风，什么都这样，石块也是其一。它们对我们一清二楚，彻头彻尾。某个时候来了，我们有所感知，我们只能与之和平共处。我们接受它，并且活下去、走向纵深处。”

此后五六天时间，淳平几乎闭门不出，伏案续写肾脏石的故事。如贵理惠所料，肾脏石继续静静摇晃着那位女医生。一点点花时间，而又坚定不移地摇晃着。傍晚和情人在都市宾馆不知名的一室匆忙交合时，她把手悄悄放在对方后背，用手指摸索其肾脏的形状。她知道自己的肾脏石潜伏在那里。那肾脏是深埋于她情人体内的告密者。肾脏在她手指下缓缓蠕动，向她传递肾脏的信息。她同肾脏对话、交流，手心能够感觉出它的滑润。

女医生逐渐习惯了夜夜改变位置的黑漆漆的肾脏石的存在，将它作为自然之物接受下来。即使石块在夜间移往什么地方，她也不再惊诧。每次到医院上班，她都在办公室的某处找到那石块，拾起来放回桌上，这成了自然而然的日常性习惯。她在办公室的时间里，石块一动不动，老老实实停在同一位置，犹如在向阳处熟睡的猫。她锁门离去后，它马上醒来，并开始移动。

她一有时间就伸出手去轻轻抚摸它光滑的黑色表面。一来二去，她渐渐无法把目光从石块上移开了，就像被施了催眠术一样。她逐渐失去了对其他东西的兴趣。书读不下去，健身房也不再去了。虽然给病人看病时能勉强维持注意力，但此外的思考则开始变懒，敷衍了事，和同事的交谈也无法提起兴致。衣着开始马虎，食欲明显减退，甚至情人的拥抱现在也让她厌烦。周围一个人也没有的时候，她向那石块低语倾诉，侧耳倾听石块倾诉的不是话语的话语，犹如孤独之人向猫狗诉说什么。呈肾脏形状的黑色石块现在控制了她生活的大部分。

那石块大概不是来自外部的物体——在推进故事情节的时间里，淳平明白了这一点。关键在于她自身内部存在的什么，是她心中的什么激活了呈肾脏形状的黑色石块。它还希望她采取某种具体行动，为此不断发送信号，以夜夜移位这一形式。

淳平一面写小说一面考虑贵理惠。感觉是她（或者她身上的什么）在把故事推向前进。为什么呢？因为他本来没有写这种超现实故事的打算。淳平脑袋里事先粗线条地构筑的是更为静谧的、心理小说性质的故事框架。在那里，石块并不是随便移来移去的。

女医生的心恐怕要从有妻室的外科医生情人身上离开——淳平预想——或者开始怨恨他也有可能。她大概下意识地希求那样。

如此整体轮廓出现之后，往下编写故事就比较容易了。淳平一边用低音量反复听着马勒[1]的乐曲，一边对着电脑，以就他来说相当快的速度把小说结尾部分写完。她决心同外科医生情人分手，告诉对方自己再也不能见他了。他问没有商量余地了么，她斩钉截铁地说完全没有。休息日她乘上东京湾的渡轮，从甲板上把肾脏石扔到海里。石块朝着又深又暗的海底、朝地球核心笔直地下沉。她决意重新开始新的人生。扔掉石块，她觉得自己身体轻快了许多。

然而，第二天早晨到医院上班时，那石块正在桌上等她。它稳稳地待在原来位置，黑漆漆，沉甸甸，以肾脏的形状。

写罢小说，立即给贵理惠打去电话。想必她很想看脱稿的作品，因为在某种意义上那是她让写的作品。电话没有接通，里面传出录音带的声音："您拨打的电话无法接通，请确认一遍重打。"淳平重打了好几次，但结果一样。电话无法接通。他想，也许她的手机号码出了什么

1　奥地利作曲家、指挥家（1860—1911）。

问题。

淳平尽可能不出家门，等待贵理惠联系，然而没有联系。如此一个月过去。一个月变成两个月，两个月变成三个月。季节变成冬天，不久新年来临。他写的短篇小说刊发在一家文学杂志的二月号上。报纸广告上的杂志目录印出淳平的名字和小说篇名——“天天移动的肾形石”。贵理惠看见广告，买下杂志阅读作品，为述说感想而跟自己联系——他期待这一可能性，但结果却是唯有沉默在不断叠积。

她的存在从他的生活中消失之后，淳平的心感觉到的疼痛比原来预想的剧烈得多。贵理惠留下的失落感摇晃着他。如果现在她在这里该有多好——他一天之中要这样想好几次。贵理惠的微笑、她出口的话语、相互搂抱时的肌肤感触无不让他怀念。喜欢的音乐，心仪的作家的新著，都安慰不了他的心，感觉上一切都那么遥远、那么生疏。

贵理惠有可能是第二个女人，淳平想道。

淳平再次遇到贵理惠，是在初春的一个午后。不，准确说来并非遇到，而是听到贵理惠的声音。

淳平那时坐在出租车上。路面拥挤。出租车年轻司机打开短波广播节目，她的声音从那里传来。起初淳平不太敢确定，只是觉得声音有些相似，但越听越清楚那是贵理惠的声音，是她的讲话方式。抑扬有致，轻松自如，停顿方式也有其特征。

“嗳，把声音调大一点儿好么？”淳平说。

“好的。”司机应道。

那是在广播电台演播室里的采访。女主持在向她提问。

“……就是说，您从小就喜欢高处了？” 女主持问。

“是啊，”贵理惠——或者声音酷似她的女子——回答，“从懂事起就喜欢爬高。越高心情越放松。所以总是央求父母带到高楼大厦去。一个奇妙的孩子。”（笑）

“结果，您就开始了这样的工作？”

“最初在证券公司做分析师，但我很清楚那种工作不适合自己，所以三年就辞职了。刚开始时擦大楼玻璃窗。本来想在建筑工地当架子工什么的，但那种地方是男子汉世界，轻易不接受女性，于是暂且干起了擦玻璃窗的临时工。”

“从证券公司分析师变成了擦窗工。”

“老实说，作为我还是这样自在。和股票不同，就算跌落，跌落的也只是自己一个。”（笑）

“说起擦窗，就是坐在吊车里，从楼顶上‘吐噜噜’往下垂放那种活计吧？”

“是的。当然安全缆是系着的。不过有的地方无论如何要把安全缆解掉。我是一点也不在乎的，地方再高也一点儿都不怕，所以相当受重视。”

“不登山吗？”

“对山几乎没有兴趣。在别人劝说下尝试了几次，但是不行。山再高也不觉得有意思。我感兴趣的仅限于垂直的人工高层建筑，什么缘故不晓得。”

“如今在城里经营专业清洁高楼玻璃窗的公司，是吧？”

“是的。”她说，“打临时工攒了钱，六年前独立开了一家小公司。当然自己也去现场干活，但基本上成了经营者。这样可以不听命于人，自己自由作出决定，方便。”

“可以随意解掉安全缆？”

“直截了当地说，是这样。”(笑)

“不喜欢系安全缆？”

“嗯，感觉上好像不是自己似的，简直就像穿了硬邦邦的紧身衣。”(笑)

“就那么喜欢高处？”

“喜欢。置身于高处是我的天职。其他职业脑海中浮现不出来。职业这东西本来应是爱的行为，不是权宜性的婚姻。”

“现在放一支歌曲，詹姆斯·泰勒（James Taylor）唱的《屋顶上》

(Up on the Roof)。”女主持说道，“之后继续走钢丝话题。”

放音乐的时间里，淳平探身问驾驶员：“这个人，到底是干什么的？”

“说是在高楼与高楼之间拉一根钢丝，在那上面走来走去。”司机介绍说，“拿一条保持平衡用的长竿，算是一种杂技表演吧。我这人有恐高症，乘坐玻璃电梯都胆战心惊。说是好事也行，反正有点儿与众不同。人倒好像已经不那么年轻了。”

“那是职业？”淳平问。他意识到自己的声音干巴巴的失去了重量，似乎是从车顶缝隙里传来的其他什么人的语声。

“嗯，好像有很多赞助商支撑着。前不久听说在德国一个什么有名的大教堂做这个来着。本来想在更高的高楼上做的，但当局怎么也不批准。因为高到那个程度，安全网就不起作用了。所以她说要一步一步积累战绩，逐步挑战更高的地方。当然，光靠走钢丝吃不了饭，就像刚才说的，平时经营擦大楼玻璃窗的公司。同样是走钢丝，但她不愿意在马戏团那样的地方工作，说只对高层建筑感兴趣。”

“最妙不过的，是在那里可以使自己这个人完成变化。”她对采访者说，“或者说不变化就无法活下去。到了高处，那里只有我和风，其他什么都没有。风包拢着我、摇晃着我。风理解我这一存在，同时我理解风。我们决定互相接受，共同生存。唯有我和风——没有他者介入的余地。我所喜欢的就是这样的瞬间。不不，感觉不到恐怖。一旦脚踏高处，精神整个进入高度集中状态，恐惧当即消失。我们置身于亲密无间的空白中，而我最最中意那样的瞬间。”

至于采访者能否理解贵理惠的谈话，淳平无从知晓。但不管怎样，反正贵理惠已经将其淡淡地说了出来。采访结束时，淳平叫出租车停下，下车走剩下的那段路，时而仰望高楼大厦，仰望流云。他明白了，风和她之间是任何人都不可能进入的。他从中感觉到的是汹涌而来的嫉妒。可到底嫉妒什么呢？风？到底有谁会嫉妒风呢？

往下几个月时间里，淳平一直等待着贵理惠跟自己联系。他想见她，想单独和她说很多很多话，关于肾形石也想说说。然而电话没有打来。她的手机依旧“无法接通”。夏季到来，连他也放弃了希望。贵理惠已无意见他。是的，没有埋怨没有争执，两人的关系平稳地结束了。回想起来，这同他长期以来与其他女性的关系毫无二致，某一天电话不再打来，一切就那么平静那么自然地偃旗息鼓了。

该不该把她算到倒计数里面去呢？能将她视为三个有意义女性中的一个么？淳平为此相当烦恼。可是得不出结论。他打算再等半年，半年后再决定好了。

这半年时间里，他集中精力写短篇小说。他一边伏案推敲语句，一边心想贵理惠此刻大概也同风一起置身高处。自己面对桌子独自写小说之间，她独自位于比谁都高的地方，并且解掉了安全缆。淳平常常想起她那句话：一旦精神进入高度集中状态，那里便没有恐怖，只有我和风。淳平觉察到了自己开始对贵理惠怀有从不曾在其他女性身上感到的特殊感情。那是轮廓清晰、可摸可触、有纵深度的感情。他还不知道该怎样称呼这一感情，但至少不能以其他什么取而代之。纵然再也见不到贵理惠，这一情思也将永远留在他的心间或骨髓那样的地方，他将在身体某处不断感受着贵理惠不在所造成的怅惘。

临近年底的时候，淳平下了决心：把她作为第二个好了。贵理惠对于他乃是“真正有意义”的女性之一。第二个好球。往下只剩一个。但他心中已没有恐怖。重要的不是数字。倒记数毫无意义。重要的是完完全全容纳某一个人的心情，那总是最初，又总是、也必须是最后。

大体与此同时，呈肾脏形状的黑色石块从女医生的桌子上消失了。一天早上，她发觉石块已不在那里。它再也不会回来了，这点她心里清楚。

品川猴

她时不时想不起自己的名字。大多是在突然被人问起名字的情况下，例如在精品店买连衣裙要修改袖口尺寸，店员问道“对不起，您叫什么名字？”——便是这样的场合。或者是打工作电话，该说的大体说完了，最后对方问“能再说一遍您的名字么”的时候，记忆会陡然消失，不晓得自己是谁。因此，她必须为想起名字而掏钱夹、看驾驶证。不用说，对方会露出费解的神情，或电话另一端由于一下子出现时间空当而觉得蹊跷。

自己主动报出名字时不会发生这种“忘名”现象。若有相应的心理准备，倒是可以好好管理记忆的，但在慌慌张张或毫不提防的时候突然被对方问起名字，那么简直就像电闸“嗵”一声落下，脑袋里一片空白。越是寻找线索，她越是被吞入没有轮廓的空白中。

想不起来的仅仅限于自己的名字。周围人的名字一般不会忘记。自己的住址、电话号码、生日和护照号码也不会忘，好友的电话号码和工作方面的重要电话号码也几乎都能脱口而出。记忆力不比往日差。单单自己的名字无从想起。忘记名字大约始于一年之前，那以前从未有过这样的体验。

她的名字叫安藤瑞纪，婚前叫“大泽瑞纪”。两个都很难说是多么有创意的名字，也没什么戏剧性。话虽这么说，但也不至于就该在纷纷扰扰的日常生活中被记忆整个抛弃。毕竟那不是别的，而是自己的名字。

她变成“安藤瑞纪”是在三年前的春天。她同一个叫“安藤隆史”的男子结了婚，结果名字就成了“安藤瑞纪”。最初她很难习惯安藤瑞纪这个名字，无论字形还是发音，感觉上都有欠沉稳。但在多次出口和反复签名之间，她慢慢觉得安藤瑞纪倒也不坏。因为，必须称作“水木瑞纪”、“三木瑞纪”之类不顺口名字[1]的情况也是有可能发生的（她同姓三木的男子也实际交往过，尽管时间很短），相比之下，“安藤瑞纪”还算相当不错的。于是，她将这个新名字作为自身的一部分渐渐接受下来了。

可是，从一年前开始，这个名字突然奔逃起来。起初一个月一两次，后来随着时间的推移增加频率。眼下至少一星期发生一次。“安藤瑞纪”这个名字一旦逃脱，她势必作为不是任何人的“一个无名女人”留在世间。有钱夹时还好，只要掏出看驾驶证就能明白。而若钱夹丢了，就

1　在日语中，“水木”、“三木”的发音同“瑞纪”的发音相同或相近。

很有可能搞不清自己是谁。当然，就算暂时失去名字，她也作为她而存在于此，再说毕竟还记得自家住址和电话号码，并非自己这一存在沦为彻头彻尾的零，和电影中出现的全面丧失记忆的情形有所不同。可是，想不起自己名字到底极为不便，令人不安。失去名字的人生，感觉上简直同失去觉醒机会的睡梦无异。

她走进珠宝首饰店，买了一条又细又简洁的银项链，让店里把名字刻在上面——“安藤（大泽）瑞纪”。没有住址没有电话号码，唯名字而已。她不由得自嘲：这岂不成了猫狗什么的！每次出门，她必然戴上这条项链。想不起自己名字的时候，扫一眼项链即可。这样一来，就可以不必掏出钱夹，对方也不至于露出奇妙的神情。

她没有把自己日常性地想不起名字的事告诉丈夫。如果讲给丈夫听，想必丈夫会说那是因为她对婚姻生活有所不满或格格不入所致。他便是那么一个爱掰理的人，恶意固然没有，但动不动就把什么推理一番，而她总的说来不喜欢那种给事物定性的方法。所以，她决心把此事隐瞒下去。

话说回来，无论如何她都认为丈夫说的（可能说的）对不上号。她对婚姻生活并不怀有所谓不满或格格不入。对丈夫——即便有时候厌烦他爱掰理——基本上没什么不满，对丈夫父母家也没有什么负面印象。丈夫的父亲是山形县酒田市的开业医生，人不坏，虽然想法多少守旧，但因为丈夫是次子，所以没对她怎么啰嗦。她是在名古屋出生长大的，对北国酒田冬季的严寒和强风未免吃不消，不过一年里去小住一两回倒也相当不错。结婚两年后，两人用贷款在品川买了新的公寓。丈夫现年三十，在制药公司的研究室工作。她二十六，在大田区一家“本田”销售店做工——有电话打来拿起听筒，有客人进店领到沙发那里端茶送水，需要复印时复印，保管文件，管理顾客登记表。

她在东京一所女子短期大学[1]毕业后，由于在“本田”任要职的伯父的介绍，得以在这家汽车销售店做工。虽不能说工作富有刺激性，但毕竟被赋予责任，有一定的干头。直接担任售车业务员并不在她的职责范围内，不过业务员倾巢而出的时候，她也能得体地回答来店客人的咨询。在旁边看着业务员的做法，她自然而然学到了推销窍门，掌握了必要的专业知识，也能热情地解说“奥德赛”[2]那让人无论如何也想不到是小面包车的操纵灵活程度。各种车型的燃油费可以全部脱口而出。说话方式也相当巧妙，妩媚的笑脸足以消除顾客的戒备心理，甚至能够看透客人的为人和性格，自如地转换战术。有好几次推进到离成交只差一步的地步。但遗憾的是，到了最终阶段，必须交给专职人员来谈。因为她没有被赋予随便降价、决定以旧换新补贴额度或给予选择优惠的权限。

1 相当于我国的大专或高职。
2 日本本田公司出产的小型面包车，可乘坐七人，外观似小轿车。

即使她大部分谈成了，最后也要由负责销售的人出来拍板。说起她的报酬，至多是由那个摘桃子的人从个人角度招待一顿午餐。

她时常心想：如果让我推销，肯定车销得更多，销售店的整体业绩也比现在好。只要真心干，销量保准比大学刚毕业的年轻业务员高出一倍。然而谁都不肯说“你很有推销素质，让你整理文件和接电话太可惜了，往下干业务员如何？”这就是所谓公司体制。业务员是业务员，文员是文员。一旦定下分工框架，没有特殊情况就不会推倒重来。况且，她也没有拓展领域、努力积累履历的愿望，相比之下，还是九点到五点做好工作、一天也不少地利用年度带薪休假、悠然享受个人生活更符合她的性格。

在工作单位她至今仍使用婚前姓名。最主要的理由是懒得向相识的顾客和其他客户一一解释改姓的原因。名片也好胸卡也好出勤卡也好，写的都是“大泽瑞纪”。大家都叫她“大泽”、“大泽小姐”或“瑞纪小姐”、“瑞纪姑娘”。每有电话打来，她都说“是的，我是‘本田PRIMO’[1]××销售店的大泽”。不过，这并非因为她拒绝使用“安藤瑞纪”这个名字，只是觉得向大家解释起来麻烦，因而拖拉着继续使用婚前姓氏罢了。

丈夫也晓得她在工作场所继续使用旧姓（因为偶尔向工作场所打过

1 日本本田公司的汽车经销连锁店。

一次电话），但没提出异议，似乎认为她在自己工作的地方用什么名字，那终究是她的权宜性问题。道理一旦讲得通，就不再说长道短，这种表现说舒心倒也舒心。

自己的名字从脑袋里消失，没准是什么大病的征兆——这么一想，瑞纪不安起来。例如身患阿尔茨海默氏症[1]的可能性也是有的。而且，世间存在着意想不到的疑难绝症，譬如肌无力症、亨廷顿舞蹈病[2]等等。近来她刚刚知晓这类棘手病症的存在。另外，她闻所未闻的特殊病症世上当也为数不少，而那些病症的最初征兆一般情况下是极其细微的。奇妙然而细微——例如横竖想不起自己名字等等……即使是在这么想着的时间里，莫名其妙的病巢说不定也正在身体某个地方静静地、一步步地扩展地盘。这使她忧心忡忡。

瑞纪去一家综合医院讲了自己的症状。但问诊的年轻医生（此人脸色苍白，疲惫不堪，与其说是医生，莫如说更像患者）没有认真对待她讲的情况。“那么，名字以外还有想不起的事情么？”医生问。没有，她说，眼下想不起来的只有名字。“唔——，这样子大概属于精神科范围吧！”医生以缺乏关心和同情的语声说，“如果出现日常性想不起自己名字以外的事情的症状，届时请再来看。到那一阶段做专门检查好了。”言

1　即早老性痴呆。

2　美国医生亨廷顿发现的一种由遗传基因引起的进行性脑萎缩。30—50岁发病。主要症状为面部、躯体和四肢出现舞蹈动作、神经障碍和智能障碍。发病数年后死亡。

外之意仿佛在说有很多苦于更严重症状的人来这医院，我们为那些人整天忙得天昏地暗，而有时想不起自己名字这点事岂不怎么都无所谓，那又碍什么事呢！

一天，她在翻阅同邮件一起送来的品川区政府公报时，看到一则报道，说区政府开了一间“心之烦恼咨询室”。报道很短，若是平常也就看漏了。上面说由专门咨询师低费接受个人面谈，每周一次。凡是十八岁以上的品川区居民皆可自由参加。对个人信息严格保密，尽管放心。区政府主办的咨导机构能有多大作用，现在虽难以判断，但不妨一试。去也没有损失，瑞纪心想。汽车经销行业固然不休周末，但平时请假比较自由，对得上区政府安排的日程（此日程对于在一般时间段工作的人来说相当不够现实）。由于要求事先预约，她往有关窗口打了电话，得知费用每三十分钟两千日元。这个程度她也支付得来。她定于星期三下午一时前往。

按时去设在区政府三楼的“心之烦恼咨询室”一看，原来那天除了她，前来咨询的人一个也没有。“这个项目是匆忙设立的，大概一般人还不知道，”负责接待的女性说，“都知道以后，估计会很拥挤。现在空闲，您够幸运的。”

咨询师是个名叫坂木哲子的小个子女性，胖得甚为惬意，四十五六岁，短发染成亮丽的褐色，舒展的脸上浮现出惹人喜欢的微笑。浅色夏令西式套裙，有光泽的丝绸衬衫，仿珍珠项链，平底鞋——较之健康咨导，看上去更像附近助人为乐性格开朗的阿姨。

“说实话，丈夫在区政府的土木工程科当科长，”她很不见外地自我介绍道，“也是因为有这层关系，得以顺利获取这里的补助，开了这间区民咨询室。您是这里的第一位来访者，请多关照。今天还没人聚来，有时间，尽管随便说吧，不用急。”说话方式非常悠然自得，没有急促感。

“请多关照。”瑞纪说道。心里却在琢磨：此人真的能行？

“不过，我具有作为咨询师的正式资格，经验也够丰富，这点您放心就是——就像坐在一艘巨轮上一样放松身心。”对方好像听到了瑞纪内心的话语，笑吟吟地补充道。

坂木哲子面对金属办公桌坐着，瑞纪坐在双人沙发上。沙发很旧，似乎是最近从某处仓库里拉来的。弹簧有气无力，灰尘味儿弄得鼻孔略略发痒。

“按理，如果有像样的躺椅什么的，气氛就像个咨询机构了，但眼下只能找到这个。毕竟是衙门，不管办什么手续都啰嗦，‘通融’那玩意儿是不起作用的。不中意吧，这种地方。下次保证弄个多少好一些的来，今天只好受委屈了。”

瑞纪把身体沉进古董般的沙发，有条不紊地讲出自己日常性地想不起名字一事。讲的时间里坂木哲子只是不断默默点头，既不发问，又没有惊诧表情浮现出来，甚至附和也不好好附和一声。除却专心倾听瑞纪的讲述并时不时若有所思地蹙起眉头，她的嘴角自始至终都漾出宛如春日黄昏时分的月亮一般的隐隐约约的微笑。

“定做一条刻着自己名字的项链是个很好的主意。”瑞纪讲完后，咨询师开口这样说道，“你的应对措施毫无问题。首先要切切实实地尽量减少其不便，这比什么都要紧——没有异乎寻常地怀有罪恶感或一味沉思或惊慌失措，而是现实地采取对策。你这人非常聪明。而且，这条项链非常别致，也十分协调。”

“呃——，先是想不起自己的名字，后来导致某种重病——这样的例子没有的么？”瑞纪问。

“这个么，具有这种特定初期征兆的疾病，我想是没有的。”咨询师说，“只是，症状在一年时间里一点点发展，总有些让人放心不下。的确，这成为某种导火线引发其他症状出现，或者记忆缺损部位扩展到其他方面……这样的可能性未必没有。因此，最好慢慢商量，趁早把病源找到。再说您又外出工作，如果想不起自己名字来，现实性的不便怕也不少。”

坂木这位咨询师首先就瑞纪现今的生活提了几个基本问题：结婚几年了？在单位做什么样的工作？身体情况如何？其次就儿童时代这个那个问了一些：关于家庭成员，关于学校生活，开心的事，不太开心的事，擅长的事，不太擅长的事。瑞纪尽可能诚实地、简要地、准确地回答每一个提问。

生长在普普通通的家庭，父亲在大型人寿保险公司工作。家境虽不特别优裕，但记忆中不曾为金钱困扰过。父母双全，有一个姐姐。父亲做事一丝不苟，母亲总的说来性格细腻，喜欢唠叨。姐姐是优等生类型（让瑞纪说来），为人不无浅薄和功利之处。但迄今为止家庭并没有什么问题，基本保持良好关系，不曾发生大的争吵。比较说来，她本身是个不显眼的孩子。健康，什么病也没得过，但运动能力却不出众。对容貌虽不曾有过自卑感，但也没被人夸奖长得漂亮。机灵之处虽自以为并非没有，但没有在某个特殊领域出类拔萃。学校里的成绩也不上不下，无非从前边数比从后边数稍微快些那个程度。学生时代有几个要好的朋友，但由于婚后天各一方，如今没什么亲密交往。

现在的婚姻生活也没发现有值得提出异议的地方。起初一段时间反复出现过例行的差错，但后来两人还算顺利地确立了共同的生活。丈夫当然不是完人（例如爱掰理，服装品位存在问题），但另一方面长处也很多（热情，责任心强，整洁，吃东西不挑肥拣瘦，不发牢骚）。单位里的人事关系也没什么突出问题，和同事也好和上司也好都大致处得不错，感觉不到精神压力。当然，很难说是愉快的事情也时有发生，但那种事情也是在所难免的，毕竟大家在狭窄的场所天天见面。

可话又说回来，这是何等索然无味的人生啊——瑞纪在如实回答自己人生的过去和现在当中再次不胜感慨。回想起来，她的人生几乎找不出戏剧性因素。以图像打比方，就像是以催眠为目的制作的低成本环境录像带。色调黯淡的风景接二连三地淡淡推出。没有场面切换，没有特写，没有高潮，没有低谷，没有引人入胜的趣闻，没有预兆，没有暗示。认真倾听如此身世故事，此人难道不感到无聊？瑞纪不由得涌起了对咨询师的恻隐之情。不会很快就打哈欠的么？假如是我，天天从别人口里没完没了地听这种话，不在某一时刻无聊死了才怪。

然而，坂木哲子专心致志地倾听瑞纪的讲述，用圆珠笔扼要地做着记录，这里那里追加必要的提问。但除此以外，她似乎尽量控制发言，将注意力集中在听取瑞纪话语这一作业上，非开口不可时，也可从其温和的语声中感觉出她深切的真正的关心，不耐烦的表示全然看不出。只消听到她那个性化的慢条斯理的语声，瑞纪的心情就能奇异地沉静下来。回想之下，迄今为止，如此认真倾听自己话语的人此外好像从未有过。一小时稍多一点儿的面谈结束时，她切实地感到背上的重负多少有所减轻了。

“那么，安藤女士，下星期三同一时间还能来吗？”坂木哲子笑眯眯问道。

“嗯，来是能来，”瑞纪说，“再来也没关系吗？”

“那还用说。只要你没关系。这种情况么，喏，不谈很多很多次，是很难有进展的。毕竟不是广播里的人生咨询节目，不可能拿出一个合适答案，道一声‘行啦，往下好好努力吧’。有可能要花些时间，反正都是品川居民，慢慢来吧！”

“那么，你身上可有在名字方面能想得起来的什么事？”第二次刚一开始面谈，坂木哲子就问道，“自己的名字也好、别人的名字也好、养的动物的名字也好、去过的地方的名字也好、诨名也好，凡是名字方面的什么都行。如果有同名字相关的什么记忆，可能告诉我一点儿？”

“同名字相关的？”

“嗯。姓名、取名、签名、点名……随便什么都没关系。只要是涉及名字的，再琐碎的也无妨。试着想想看！”

瑞纪沉思良久。

“没有在名字方面记得特别清楚的那类事情。”她说，“至少现在脑海里一下子浮现不出来。只是……是啊，关于名牌倒是有一件事记得。”

“那好，就说说名牌。”

“但那不是我的名牌。”瑞纪说，“是别人的名牌。”

“无所谓的，说一下！”咨询师说。

“上个星期也说了，从初中到高中，我上的是一贯制私立女校。”瑞纪说，“学校在横滨，家在名古屋，于是住进了校园里的宿舍。每到周末就回家。星期五夜间乘新干线回家，星期日夜间回宿舍。从横滨到名古屋两个小时就够了，没觉得多么寂寞。”

咨询师点头道：“名古屋也有很多不错的私立女校，是吧？何苦离开父母到横滨上学呢？”

“那里是母亲的母校。她非常喜欢那所学校，希望送一个女儿去那里。而且，我也多少有点想同父母分开生活的心情。学校虽是基督教系统的，但校风比较宽松。要好的朋友也交了几个，都是从地方上来的孩子。和我的情况一样，很多人的母亲都是那里的毕业生。大体说来，觉得在那里的六年时间过得是愉快的，尽管每天的伙食吃得辛苦些。”

咨询师微微一笑：“记得你说有个姐姐来着？”

“是的，大我两岁，姐妹两人。”

“你姐姐没去横滨那所学校？”

“姐姐上的是本地学校，那期间当然一直在父母身边。姐姐不是积极跑去外面那一类型，从小身体就比较弱……所以，作为母亲就想把我送进那所学校。因为我大体健康，自立精神也比姐姐强。这样，小学一毕业就问我乐意不乐意去横滨上学，我回答去也可以。每个周末乘新干线回家，当时也让我觉得是件开心事。”

“对不起，插了一句话。”说着，咨询师淡然一笑，“请继续说下去。”

“宿舍原则上两人一个房间，但到高中三年级，作为特权可得到单人房间，仅限一年时间。那件事就发生在我住单人房间的时候。因为我年级最高，所以当时算是住宿生代表那样的角色。宿舍大门口挂有木板，我们每个住宿生都有自己的名牌。名牌正面用黑字、反面用红字写着自己的名字。外出时一定要把名牌翻过来，回来再恢复原样。就是说，名牌的黑字那面表示人在宿舍，红字那面表示人已外出。如果在外面留宿或请长假不在，名牌就得摘掉。门口传达室由住宿生轮流值班，外边有电话打来时，一看名牌就知道那个人此时在不在宿舍，是一项十分方便的制度。”

咨询师鼓励似的小声附和。

“那是十月间的事。晚饭前我正在房间里预习第二天的课，一个叫松中优子的二年级女孩儿来了，大家都叫她优子，在我们宿舍中的的确确长得最漂亮。白肤色，长头发，五官简直和布娃娃一个样。父母大概在金泽经营一家老字号旅馆，有钱。由于低一年级，详细情况不晓得，但听说成绩也相当好。总之是个非常显眼的孩子，崇拜她的低年级女孩儿也为数不少。不过优子完全没有自命清高或装模作样的地方，总的说来人很老实，不是把自己的心情流露在外那一类型。感觉虽然不错，但时常给人以不知其想什么的印象。固然有人崇拜，不过我想真正的好朋友怕是没有的。”

正在自己房间听着广播音乐在桌前看书时，门开了，松中优子站在那里。身穿薄些的贴身高领毛衣，一条牛仔裤。她问现在打不打扰，若不打扰，想说几句话。瑞纪虽然吃惊不小，但还是答说可以，“没做什么要紧的事，没关系的”。在这之前，瑞纪没和松中优子单独促膝谈过话，更没想到对方会来自己房间谈个人话题。她让对方坐在椅子上，用热水瓶里的水泡了红茶。

“以前你体验过嫉妒那种感情吗？”松中优子直截了当地问。

这劈头一句虽然问得瑞纪愈发吃惊，但她因之得以思考这一问题。

“我想没有。”瑞纪回答。

“一次也？”

瑞纪摇头：“至少你这么突然问时我很难想起。嫉妒的感情……例如指什么？”

“例如你真正喜欢的人喜欢上了不是你瑞纪的其他什么人，例如你非弄到手不可的东西给其他什么人轻易弄到手了，例如你一直盼望如愿以偿的事给其他什么人轻轻松松一点苦也没吃就做到了……例如这类情况。”

“这类情况，在我身上好像没有过。”瑞纪说，“优子你有这类情况？”

“很多很多。”

听得瑞纪瞠目结舌。这孩子到底还想得到什么呢？容貌百里挑一，家里有钱，学习好，有人缘，父母宠爱。还听说周末时常同英俊的大学生男朋友幽会。人还能期待得到什么呢？瑞纪想不出来。

“比如什么事情呢？”瑞纪试着问。

“不太想具体地说，如果可能的话。”松中优子字斟句酌，“而且，在这里一一具体罗列起来也好像没多大意思。只是，作为我以前就想问你一次来着，问你体验过类似嫉妒的感情没有。”

“以前就想问我这个的？”

“是的。”

瑞纪全然摸不着头脑，但还是姑且老实回答了对方的提问。“那方面的体验，我想我可能没有。”她说，“什么原因不清楚，说奇怪也许奇怪。毕竟就我来说，一来对自己没什么自信，二来想得到的东西也并没有全部到手，莫如说类似不满的东西多的是。可是，若问我羡慕其他什么人没有，我觉得好像没有过。为什么呢？”

松中优子嘴角漾出仿佛淡淡笑意那样的表情。“嫉妒心这东西，我觉得同现实性客观性条件没有多大关系。就是说，因为条件得天独厚而不嫉妒谁、因为条件不好而嫉妒谁——事情不是这样的。那就像肿瘤一样，在我们不知晓的地方任意发生，并且没来由地、肆无忌惮地迅速扩展下去。即使知晓也无法阻止。幸福的人不生肿瘤、不幸的人易生肿瘤，这种情况是不存在的。二者同一回事。”

瑞纪默默听着。松中优子说出那么长的句子是极少有的事。

“对没体验过嫉妒感情的人解释起来是非常困难的。我能说的只是：同那种心情一起度过每一天根本不是一件轻松事。说实话，好比怀抱着一个小地狱。如果瑞纪你不曾体验过那样的心情，我想那是应该感谢上天的。”

说罢这些，松中优子闭口停住，面带类似微笑的表情定定地看着瑞纪。真是个漂亮孩子，瑞纪再次感叹，体形也好，胸部那么动人。长成这么一个所有部位都惹人注目的美女，到底是怎样一种心情呢？自己全然无从想像。莫非仅仅感到自豪、快乐不成？还是相应地也有不少烦恼呢？

但不可思议的是，瑞纪一次也不曾羡慕过松中优子。

“这就回家。”松中优子盯视自己膝头上的手说，“有个亲戚发生了不幸，必须出席葬礼，刚才跟老师请假了。星期一早上之前应该可以返校。如果可以，那时间里想请你保管我的名牌，可以么？”

说着，她从衣袋里取出自己的名牌，递给瑞纪。瑞纪不大明白。

“保管是一点也不碍事的，”瑞纪说，“可为什么特意让我保管呢？

放在自己书桌抽屉里或别的什么地方不就行了？”

松中优子以更深的目光注视瑞纪。被她这么看起来，瑞纪变得有些沉不住气了。

“如果可以的话，这次想请你保管。”松中优子以果断的语气说道，“有点放心不下，不想放在房间里。”

“可以的。”瑞纪说。

“注意没人的时候别让猴偷走。”松中优子说。

“这房间里我想大概没有猴。”瑞纪开朗地说。

开玩笑也不像是松中优子的平日所为。之后，她走出房间，留下名牌、没有摸过的茶杯和奇妙的空白。

“到了星期一松中优子也没返回宿舍。”瑞纪对咨询师说，“班主任老师担心地往她家打电话一问，得知她没有回家。亲戚中没有人去世，当然也没有葬礼。她说了谎，消失去了哪里。发现遗体是在下一个周末，我是在星期日从名古屋家返回宿舍时得知的。自杀，在某个森林深处用剃须刀割开手腕，浑身是血地死了。至于因为什么自杀的，谁也不知道。没找到遗书，能够推测的动机也完全没有。同房间的女孩也说松中优子跟平时没有不同之处，没有苦恼的表现，确实一如往日。她只是默默地死掉了。”

“可松本她至少想向你传达什么的吧？”咨询师说，“所以最后才来到你房间，让你保管名牌，还讲了嫉妒。”

“嗯，那倒是的。松中优子是跟我讲了嫉妒。事后想来，她恐怕是想在死之前找个人讲述嫉妒的。当时我倒没以为那种话有多么要紧。”

“松中优子死前来你房间的事，你跟谁说了没有？”

“没有，跟谁也没说。”

“为什么？”

瑞纪歪了歪头：“因为我想，就算我说出来，大家恐怕也只是困惑罢了。谁都不会理解，谈不上有什么帮助。”

“你是说，她所怀有的深深的嫉妒感情有可能是她自杀的原因？”

“嗯。把这个说出口来，我肯定会被看成怪人。说到底，像松中优子那样的人何苦非嫉妒别人不可呢？那时候大家脑袋里全都混乱不堪，而且都很亢奋，我想这种时候最好还是闭紧嘴巴。女校宿舍的气氛，您大体知道的吧？我如果把那个说出口，就好比在充满煤气的房间里擦燃火柴。”

“名牌怎么样了？”

“还在我这里。应该在壁橱最里头的一个箱子里装着，和我的名牌一起。”

“为什么你把那名牌保管至今呢？”

“当时整个学校一团混乱，不知不觉之中忘记还了。而且，时间拖得越久，就越难若无其事地把名牌还掉，可又不能扔了。况且，我想松中优子说不定希望我一直保存那个名牌，正因如此，她死前才特意来我这里，交到我手上。至于对方为什么单单选择我，我是不大明白……”

“不可思议啊！你和松中优子并不特别要好对吧？”

“一起住在狭小的宿舍楼里，当然见面都认识，也寒暄过，或简单说两句话什么的。但终究年级不同，个人话题一次也没有谈过。不过，我算是住宿生代表，莫非因为这点才来我这里？”瑞纪说，“此外想不出别的理由。”

“或者松中优子因为某种理由对你怀有兴趣也不一定。也许被你吸引了，或者从你身上发现了什么。”

“那在我是不明白的。”瑞纪说。

坂木哲子一声不响，像要看穿什么似的注视着瑞纪的脸。而后开口道：

“这且不说，你真的不曾体验过嫉妒那种感情？生来一次也没有？”

瑞纪略一沉吟，答道：“我想没有，大概一次也没有。”

“那就是说，嫉妒之情是怎么一个东西在你是无法理解的了？”

“大致怎么回事我想是能够理解的——关于它的形成什么的。只是，作为实感不大清楚。例如它实际上有多厉害、持续时间有多长、如何难以忍受等等。”

“是啊，”咨询师说，“说起来都一概称为嫉妒，其实阶段各有不同，人的所有感情都是这样。轻的一般称为吃醋、眼红什么的。程度虽有差别，但那是一般人日常体验的。例如公司同事比自己先升官啦，班上谁谁受老师偏爱啦，或者左邻右舍有人中了高额彩票啦……都让人羡慕，心里略略气恼，觉得不公平。作为人的心理，说自然也是自然的。你连这些都不曾有过？不曾羡慕过人家？”

瑞纪想了想说：“在我身上，那类事好像一次也没有过。当然，比我幸运的人有很多，可我并未因此羡慕过那些人。因为人各有不同……”

“因为人各有不同，所以不能简单比较？”

“我想大概是那样的。”

“噢，有意思。”咨询师在桌上叉起十指，以轻松的语声饶有兴味地说道，“啊，反正那就是轻度嫉妒，也就是眼红那劳什子吧。但若是重度的，事情就没那么简单。它像寄生虫一样死死地盘踞在心头不动。在某种情况下——就像你的同学所说——它会变成肿瘤深入蚕食灵魂，甚至可能致人于死地。那是无法控制的，对当事人来说是不堪忍受的折磨。”

回到家，瑞纪从壁橱里头拉出用胶带封住的纸壳箱。松中优子的名牌和瑞纪自身的名牌应该一起装进信封放在那里。箱子里胡乱塞着很多东西：从小学时代开始的旧信、日记本、影集、成绩单，以及各种各样的纪念品。本想好好整理一次，却因为忙乱，就这样带在身边到处迁来搬去。不料装有名牌的信封怎么也没找到。箱子里的东西全部拿出仔细查看，还是哪里都没有信封。瑞纪困惑起来。搬来这座公寓的时候，检查箱子时明明看见了装有那个名牌的信封，还为自己一直带着原来的东西深深感慨过。并且，为了不让别人看见，她把箱子封了起来，自那以来打开箱子是第一次。因此，信封本该在这里才是，没有怀疑的余地。到底消失到哪里去了呢?

尽管如此，自从每星期去一次区政府的“心之烦恼咨询室”同坂木咨询师交谈之后，瑞纪对忘记名字的事已不那么介意了。忘名现象虽然仍以同以前大致相同的频率继续发生，但症状已基本停止了发展，自己名字以外的事物也没有从记忆中滑落出去。而且，由于项链的作用，眼下还没有遭遇什么尴尬，有时甚至觉得忘名现象也成了生活中自然而然的一部分。

瑞纪没有把自己去咨询机构的事告诉丈夫。不是特意要隐瞒，只是觉得一一说明起来啰嗦。想必丈夫会要求详细说明。况且，想不起自己名字或每星期去一次区政府主办的咨询机构也并没给丈夫造成什么具体麻烦，费用也是不值一提那个程度。此外，无论怎么找也没在理应存在的地方找到松中优子和自己住宿时的名牌这件事，她没有讲给坂木咨询师听，因为她不认为这对面谈有多大意义。

如此这般，两个月过去了。她每星期三都去品川区政府三楼面谈。前来咨询的人似乎多了起来，面谈时间由一小时缩短到三十分钟，但由于两人的谈话已上轨道，可以谈得简明扼要些。想多说一会儿的时候也是有的，毕竟费用便宜得不得了，无可挑剔。

“和你已是第九次面谈了……”坂木咨询师在面谈结束前五分钟时这样问瑞纪，“虽说忘名次数没有减少，但眼下没有增加对吧？”

“没有增加。”瑞纪回答，“我想就算是维持现状了。”

“很好，很好！”说着，咨询师把手上的黑杆圆珠笔放回上衣口袋，在桌上紧紧叉起十指，而后停顿一下说，“有可能——终究是说可能性——下星期来的时候，我们谈的问题出现某种大的进展。”

“关于忘名问题？”

“是的，如果顺利，说不定可以具体圈定原因，实际出示给你。”

“为什么发生忘名现象的原因？”

“正是。”

瑞纪未能马上理解对方的意思：“所谓具体原因，就是说……是眼睛能看到的了？”

“当然能看到，当然。”咨询师如此说罢，满意地搓着双手，“没准可以放在盘子上端给你看。不过遗憾的是，详细的要等下星期才能告诉你，因为现阶段不清楚进展能否顺利，只是估计大概会顺利。如果顺利，到时候再一一讲给你听。”

瑞纪点头。

“总之我想对你说的是，”坂木说，“尽管有进有退，但事情正朝着解决的方向稳步推进。对了，不是常说么，人生进三步退两步。用不着担心。不要紧的，相信坂木阿姨好了。所以下星期再来，别忘了跟前台预约。”

说着，坂木挤了挤眼睛。

下星期下午一点，瑞纪一进“心之烦恼咨询室”，就看见坂木哲子脸上挂着比以往明显的笑容，坐在桌前等她。

“我想我找到了你忘名的原因。”她得意洋洋地说，“而且解决了。”

“就是说我再也不会忘记自己的名字了？”瑞纪问。

“不错。你再也不会忘记自己的名字了。因为澄清了原因并得到了正确处理。”

“到底是什么原因呢？”瑞纪半信半疑地问。

坂木哲子从旁边放的黑色漆皮手袋中把什么拿出，摆在桌上。

“我想这是你的东西。”

瑞纪从沙发上立起，走到桌前。桌上放的是两枚名牌。一枚写着“大泽瑞纪”，另一枚写着“松中优子”。瑞纪脸上没了血色。她折回沙发，沉下身体，好半天没能开口。她双手紧紧捂在嘴上，样子就好像要阻止话语从那里滴落下来。

“吃惊也是情有可原的。”坂木哲子说，“不过我慢慢向你解释，不怕的，放心！因为没什么好怕的。”

“可为什么……”

“为什么你住宿时期的名牌在我手里？”

“是的，我……”

“理解不了吧？”

瑞纪点头。

“我为你找回来的。”坂木哲子说，“你是因为这名牌被盗才想不起自己名字的。这样，为了找回自己的名字，你无论如何都要回收这两枚名牌。”

“可到底是谁……”

“谁从你家里把两枚名牌偷出来的？究竟想用来干什么？”坂木哲子说，“关于这个，与其让我在这里用嘴来说明，还不如直接追问盗窃的犯人，这样再好不过，我觉得。”

“犯人在这里呢？”瑞纪以愕然的语声问。

“嗯，那还用说！抓住后没收了名牌。当然不可能由我去抓，让我丈夫和他手下人抓的。对了，我不是说过丈夫在品川区政府土木工程科当科长么，说了吧？”

瑞纪仍未明白过来，只管点头。

“好了，请过来，这就去见犯人。见了可得狠狠训斥一顿。”

瑞纪跟随坂木哲子走出用来面谈的房间，沿走廊走到电梯，下到地下，再沿着地下冷冷清清的长走廊走到尽头处的房间门前。坂木哲子敲了敲门，里面传出男子的声音“请进”，坂木哲子打开门。

里面有一个瘦瘦高高的五十岁上下的男子和一个二十五六岁的大块头男子，两人都身穿浅咖啡色工作服，中年男子胸卡上写着“坂木”，年轻男子胸卡上写着“樱田”。樱田手持一条黑色警棍。

“是安藤瑞纪吧？”叫坂木的男子问，“我是坂木哲子的丈夫，叫坂木义郎，在品川区政府当土木工程科长。这是樱田君，我科里的。”

“请关照。”瑞纪说。

“怎么样，老实了？”坂木哲子问丈夫。

“啊，彻底泄气，老实下来了。”坂木义郎说，“樱田君从早上起一直守在这里，好像没添什么大麻烦。”

“是的，是个老实家伙。”樱田不无遗憾地说，“如果胡来的话，我也好教训一顿，可是没有那样。”

“樱田学生时代在明治大学是空手道的干将，前途远大的小伙子。”坂木科长说。

“那么，到底是谁、为了什么从我这里把名牌偷走的呢？”

“那，还是同犯人对质吧！”坂木哲子说。

房间尽头还有一扇门，樱田把门打开，按一下墙上的开关，打开灯。他环视一圈房间，朝三人点头道：“没有问题，请进来吧。”

坂木科长先进，坂木哲子随后，最后瑞纪进来。仓库样的小房间，没有家具，只有一把椅子，椅子上坐一只猴。作为猴块头怕是相当大的，比成年人小，较小学生大。毛比日本猴略长，点点处处夹杂着灰毛。年龄不清楚，看上去已不年轻。猴的前肢和后肢用细绳牢牢绑在木椅上，长长的秃尾巴尖有气无力地垂在地板上。瑞纪进去时，猴一闪瞥了她一眼，视线旋即落在脚下。

“猴？”瑞纪问。

“是猴。”坂木哲子说，“猴从你那里偷走了名牌。”

松中优子曾说没有人时别让猴偷走了，瑞纪还以为是开玩笑。原来松中优子知晓此事。瑞纪后背一阵发凉。

“可为什么那件事……”

“为什么那件事我知道了？”坂木哲子说，“因为我是专家。一开始我就说了吧？说自己有正式资格，也有丰富经验。人是不可貌相的。虽说是在区政府以低收费从事像是志愿者服务的活动，但作为咨询师的能力并不次于开漂亮事务所的那些人。”

“当然那个我很清楚，我只是太吃惊了，所以才……”

“好了，好了，开玩笑的。”坂木哲子笑道，“坦率地说，作为咨询师我是相当另类的。所以同组织啦学界啦那样的地方合不来，在这样的地方由自己随便做才合脾性。你也看到了，我的做法相当特殊。”

“但是极有能力。”坂木义郎神情认真地加了一句。

“那，是这猴把名牌偷走的？”瑞纪问。

“不错。悄悄潜入你住的公寓房间，从壁橱箱子里把名牌偷了出来。一年前偷的。你开始忘记名字正是那时候吧？”

“是的，的确是那时候。”

“对不起。”猴终于开口了。富有张力的低音，甚至可以从中听出音乐性。

“能说话的！”瑞纪惊愕地说。

“是，能说话。”猴几乎不改变表情，“此外还有一桩必须道歉的事：去府上偷名牌时，拿了两只香蕉。本打算除了名牌什么也不拿的，可肚子实在饿了，尽管知道不好，但还是禁不住拿起餐桌上放的两只香蕉吃了下去。因为看上去十分好吃。”

“不要脸的东西！”说着，樱田拿起黑警棍“砰砰”打了几下，“可能还拿了别的什么，要不要教训一下？”

“算了算了，”坂木科长制止道，“香蕉的事是主动坦白的，再说看上去也不像多么凶恶的猴。在情况没进一步搞清之前就别太粗暴了。在区政府里对动物施以暴力，一旦被人知道，多少会惹出麻烦的。”

“为什么偷名牌呢？”瑞纪试着问猴。

“我是偷名字的猴。”猴说，“这是我的病。有名字在那里，就不能不偷。当然不是说谁的名字都偷。有让我动心的名字，有特别让我动心的名字。而有那样的名字，就禁不住要把它弄到手——我潜入住宅偷那样的名字。我知道那是不应该的，可控制不住自己。”

“要把松中优子的名字从我们宿舍楼偷走的也是你了？”

“正是正是。我被松中小姐吸引得浑身火烧火燎的，作为猴，那般动心的时候以前以后都不曾有过。但我不能把松中小姐据为己有。毕竟我是猴，那是不可能办到的。所以，我无论如何都要把她的名字弄到手，哪怕弄到名字也好。仅仅弄到她的名字也会使我的心感到无比满足。此外作为猴还能指望什么呢？可是没等实现，她就结束了自己的生命。”

“没准松中优子的自杀和你有关？”

“不不，”猴使劲摇头，“那不是的，那个人自杀和我完全无关。松中小姐怀抱着一个进退不得的心中黑洞那样的东西，恐怕谁都救不了她。”

“可你最近是怎么知道我家里有松中优子的名牌的呢？”

“走到这一步花了相当漫长的时间。松中小姐去世后，我马上尝试把她的名牌搞到手，设法抢在别人拿走之前搞到手。但名牌已消失不见了。至于消失去了哪里，没有一个人知道。我使尽浑身解数，千辛万苦找遍了所有地方，然而无论如何也没弄明白。当时根本没想到松中优子把名牌放在了你那里，因为松中小姐和你并不特别要好。”

“是啊。”瑞纪说。

“可我脑中掠过一个闪念，开始考虑说不定大泽瑞纪手中有松中优子的名牌。那是去年春天的事。大泽瑞纪结了婚，名字改成安藤瑞纪，住在品川区一座公寓楼里——弄清这一情况又费了相当长的时间。做这种调查，身为猴子十分不便。但不管怎样，总算得以进入府上行窃。”

“可是为什么连我的名牌也一起拿走呢——不光松中优子的——致使我想不起自己的名字。”

“非常抱歉。”猴羞愧地低下头，“面对自己动心的名牌，由不得自己不偷。说来不好意思，大泽瑞纪的名牌也强烈摇撼了我的小小胸口。前面也说了，这是一种病，自己也没有办法抑制冲动。尽管认为不对，但就是忍不住伸出手去。给您添了麻烦，对此我衷心表示歉意。”

“这只猴潜伏在品川区下水道中来着，”坂木哲子说，“所以我的丈夫请这里的年轻人把猴抓住了。喏，他是土木科的科长，下水道是他管理的一个项目，做这种事再合适不过。”

“抓猴过程中，这位樱田君立了大功。”坂木科长说。

“区里下水道潜入这样的捣乱分子，作为土木科无论如何也不能坐视不理。”樱田得意地说，“看来这家伙在高轮一带的地下弄了个临时住所，顺着下水道在城内到处走来窜去。”

“城里不是我们生活的地方。树少，白天很难找到暗处。一上地面，大家就一哄而上逮我。小孩子用弹子球和BB枪打，围着花毛巾的大狗穷追不舍，我一刻也不敢放松，因此只能钻入地下。还请谅解。”猴说。

“可您是怎么晓得猴藏在下水道的呢？”瑞纪问坂木哲子。

“仔细听你讲述的两个月时间里，很多事情在我眼前渐渐清晰起来，就好像雾霭越来越淡一样。”坂木哲子说，“我猜想那里大概存在着一个习惯偷盗名字的什么，而那个什么又潜入了地下。况且，说起城市的地下，范围自然有限——地铁里边啦、下水道啦，不外乎这些。于是我试着求丈夫帮忙，说自己觉得这一带下水道好像住着和人不同的一只什么，问他能不能查看一下。结果，不出所料，找出了这只猴。”

瑞纪一时张口结舌。“可是——，只听我讲述就能明白那么多，怎么会那样呢？”

“作为家人的我，这么说或许不应该—— 内人具有普通人所没有的某种特殊能力。”身为丈夫的坂木科长以佩服的神情说道，“结婚一晃儿二十二年了，我数次目睹了此类匪夷所思之事。正因如此，我才再三再四鼓动她在区政府开一间‘心之烦恼咨询室’。因为我确信只要提供一个能够发挥她能力的场所，肯定对品川居民有所帮助。不管怎样，这名字盗窃事件初步解决了就好，太好了！作为我也得以放下心来。”

“对了，这抓来的猴怎么办呢？”瑞纪问。

“留它性命怕是有害无益吧！”樱田淡然说道，“一旦染上的毛病很难改掉。不管嘴上说什么，肯定还会在哪里干同样的坏事。结果它算了，这再妥当不过。把浓缩的消毒液注入血管，像这样的猴转眼就可报销。”

“这个么——”坂木科长说，“无论缘由如何，杀害动物一旦被人知道，必然会有投诉，成为不小的问题。记得吧，上次集中处理逮来的乌鸦的时候，不也闹得满城风雨！如果可能，还是想避免摩擦。”

“求求了，别弄死我！”被绑着的猴也深深低头央求，“我也不光是干坏事。我干的事的确是不地道的，这我心知肚明。给大家造成了麻烦。不过，这可不是我强词夺理，其中好的方面也不是没有的。”

“偷人家名字到底能有什么好的方面？快跟我说清楚！”坂木以严厉的口气问。

“好，我说。我确实偷取大家的名字。可是与此同时，名字里附带的消极因素也被我多少带走一些。这或许是自吹自擂。不过，假如那时我成功地偷走松中优子的名字——终究是一个小小的可能性——松中小姐说不定就不至于结束自己的生命。”

“那是为什么？”瑞纪问。

“如果我成功地偷走松中优子小姐的名字，那么，我或许连同她心中隐藏的黑洞那样的东西也带走了一小部分。我想我应当可以把它和名字一起带去地下世界。”猴说。

“总好像是诡辩啊！”樱田说，“这种说法不可以照单全收。生死关头，这家伙肯定要绞尽猴脑汁拼命自我辩护。”

“未必是那样。这猴说的也可能多少有其道理。”坂木哲子抱臂沉思片刻，然后向猴追问，“你说你通过偷取名字，把那里的坏东西连同好东西一起接受下来，是吧？”

“是，是的。”猴说，“没办法挑挑拣拣，如果其中含有坏东西，我们猴也得一并接受下来，原封不动地整个收取。求求你们，请别要我的命。我诚然是有坏毛病的无聊的猴，但此外也不是没有对诸位有用的地方。”

“那，我的名字里可有什么坏的东西？”瑞纪向猴问道。

“作为我，不想当着本人的面讲出来。”猴说。

“请讲讲好了。”瑞纪说，“如果好好告诉我，就原谅你，请求这里的诸位原谅你。”

“真的？”

“如果他如实告诉我，请饶恕这个猴好么？”瑞纪对坂木科长说，“看上去不像天性恶劣的猴，这样子已经够它受的了，如果好好劝说一番领到高尾山里放生，应该不会再干坏事了，您看如何？”

“如果你认为那样可以，我没有异议。”坂木科长又对猴说道，“喂，听着，那样一来，你能发誓再也不返回二十三区[1]吗？”

“是，坂木科长，我再不返回二十三区以内，再不给诸位添麻烦了，也不在下水道里窜来窜去。我已不再年轻，或许这是一个改变生活方式的良机。”猴以真诚的神情保证道。

“为慎重起见，应该往它屁股上烙一个印记，以便一眼就可认出。”樱田说，“施工用的烙‘品川区’标记的烙铁应该放在什么地方，我想。”

“千万别那样！”猴险些落泪似的恳求道，“屁股上有了莫名其妙的印记，猴伙伴们就有了戒心，很难让我入伙。我老老实实有什么说什么，请千万别烙个印记上去。”

“也罢，烙印就免了吧。”坂木科长居中斡旋，“再说，单单把‘品

1 东京有二十三个特别区，品川区为其中一个。

川区’这个标记烙在屁股上，往后很可能导致责任问题。”

“是，既然科长您那么说。”樱田一副遗憾的语气。

“那么，我的名字附带着什么不好的东西了？”瑞纪盯住猴的小红眼睛问道。

“我如果说出来，您有可能受到伤害。”

“没关系，说说看！”

猴困惑地略作沉思，额上的皱纹稍微深了些。“不过，恐怕还是不听为好。”

“不要紧，我想知道真实情况。”

“明白了。”猴说，“那么，我就如实道来。你的母亲是不爱你的。从小到现在一次也不曾爱过你。什么原因我不知道，但事实如此。你姐姐也一样，你姐姐也不喜欢你。你母亲之所以把你送去横滨上学，是因为想甩掉包袱。你的母亲和你的姐姐想把你尽量撵得远一些。你的父亲人绝对不坏，无奈性格懦弱，所以不能保护你。这样，从小你就没有充分得到任何人的疼爱。你自己也该隐约有所感觉，可是你有意不去感觉。你想回避这一事实，想把它塞进心底的小黑洞盖上盖子，尽量不去想难堪的事，不去看讨厌的事。在生活中把负面感情扼杀掉，这种防御性姿态成了你这个人的一部分。是这样的吧？但这使得你无法无条件地真诚地由衷爱一个人。”

瑞纪默然。

“现阶段，看上去你过着无风无浪的幸福的婚姻生活，也许实际也是幸福的。但是，你并不深爱你的丈夫，对吧？如果你生了孩子，长此以往，你们也可能发生同样的事。”

瑞纪一言不发，蹲在地板上闭起眼睛。感觉上似乎身体整个散架了。皮肤也好内脏也好骨骼也好，所有部位都七零八落，唯独呼吸声传来耳畔。

“这猴全是胡说八道，”樱田摇头道，“科长，我忍耐不下去了，给它个厉害的瞧瞧好了！”

“等等！”瑞纪说，“实际情况确是那样，确如这猴君所说。这点我也早就知道，但我装聋作哑地活到现在，捂住眼睛，塞住耳朵。猴君只是如实讲述罢了。所以，请原谅它。别再说什么，就这样放归山林吧！”

坂木哲子轻轻把手放在瑞纪肩上：“你没关系么？”

“没关系，我不介意。我的名字回来了就行。我将和那里边含有的东西一起走完以后的人生。因为那是我的名字，是我的人生。”

坂木哲子对丈夫说：“那么，这个周末开咱们家的车到高尾山，把这只猴放到适当的地方去，可以吧？”

“当然可以，放了就是。”坂木科长说，“刚换的车，距离正好用来熟悉一下车况。”

“太谢谢了，真不知怎么感谢才好！”猴说。

“不晕车吗？”坂木哲子问猴。

“不晕，不怕。绝不至于往新车座上呕吐或大小便什么的，老老实实坐着不动，不给诸位添麻烦。”猴说。

和猴分别时，瑞纪把松中优子的名牌递给了猴。

“我带着不如你带着好，我想。”瑞纪对猴说，“你不是喜欢松中优子的么？”

“是的，我是喜欢她。”

“这个名字好好带着，别再偷其他人的名字了。”

“是。这个名牌比什么都宝贵。偷窃也彻底洗手不干了。”猴转过一本正经的眼睛保证道。

“不过，为什么松中优子死前让我保管这名牌呢？为什么选择了我呢？”

“那我也不知道。”猴说，“但不管怎样，我和你因此得以这么面对面说话。或许这是一种巧合。”

“一点不错。”瑞纪说。

“我说的怕是伤了你的心吧？”

“是啊，”瑞纪说，“我想是伤了，伤得很深。”

“非常抱歉。本来我不想说的。”

“没关系，因为我心里大致也是明白的。总有一天我将不得不直接面对这一事实。”

“承您这么说，作为我也放心不少。”猴说。

“再见！”瑞纪对猴说，“我想再也见不到了……”

“您也多保重！”猴说，“承蒙救了我这样的家伙一条命，多谢多谢！”

“再不可返回品川区的哟！”樱田用警棍拍拍手心说，“今天也是因为科长的关照，才开恩饶你一次。下次在这一带发现你，只要我有一个念头，你就休想活着回去！”

看样子，猴也完全清楚：这不纯属威胁。

“那么，下星期怎么办？”折回咨询室后，坂木哲子问端纪，“还有事找我咨询？”

瑞纪摇头：“不，托您的福，问题全都解决了。这个那个实在谢谢了，非常感谢！”

“关于刚才猴说你的那些，没有特别要跟我说的吧？”

“没有。在这方面，我想自己总有办法可想。那是必须首先由我自己考虑的。”

坂木哲子点头：“是啊，我想你总会有办法的。只要下决心，你一定能坚强起来。”

瑞纪说：“不过，实在走投无路的时候，再来这里也没关系的？”

“当然。”坂木哲子大大地横向展开柔和的面庞，莞尔一笑，“那时咱们两人再紧紧抓住什么吧！”

两人握手告别。

回到家，瑞纪把猴交还的“大泽瑞纪”旧名牌和刻有“安藤瑞纪”的银项链装进褐色办公用信封封好，放进壁橱的纸壳箱中。自己的名字总算回到手上了。往后她将再次同这名字一起生活下去。进展或许顺利，或许不顺利，但不管怎样，那终究是她的名字，此外别无名字。